鳥羽 亮

剣《けん》客《かく》旗《はた》本《もと》春秋《しゅんじゅう》譚《たん》

剣友とともに

実業之日本社

実業之日本社文庫

剣客旗本春秋譚　剣友とともに　目次

寛永寺
車坂町
廣徳寺
浅草寺
東本願寺
吾妻橋
上野
三枚橋
浅草
並木町
下谷
駒形町
下谷長者町
御徒町通り
諏訪町
青井市之介の屋敷
日光街道
下谷練塀小路
糸川俊太郎の屋敷
森田町
佐々野彦次郎の屋敷
瓦町
伊庭道場
神田佐久間町
茅町
福井町
新シ橋
本所
和泉橋
柳原通り
浅草御門
豊島町
柳橋
両国広小路
亀戸
両国橋
回向院
竪川
奥州街道
米沢町
元町
一ツ目橋
相生町
岩井町
馬喰町
横山町
緑橋
亀井町
橘町
二ツ目橋
薬研堀
汐見橋
栄橋
千鳥橋
田所町
久松町
大川
道浄橋
大伝馬町
冨沢町
高砂橋
新材木町
高砂町
小川橋
伊勢町
堀江町
新大橋
高倉屋
親父橋
浜町
組合橋
浜町堀
小名木川
荒布橋
小網町
江戸橋
南茅場町
深川
行徳河岸
上ノ橋
八丁堀
今川町
仙台堀
永代橋
佐賀町
亀久橋
魚橋
稲荷橋
油堀
山本町
門前仲町
富ヶ岡八幡宮
佃島
汐見橋
入船町

剣客旗本春秋譚
剣友とともに
江戸地図
前田家上屋敷
菊坂町
不忍池
下谷広小路
湯島切通町
湯島天神
本郷
湯島
中山道
水道橋
神田明神
湯島聖堂
神田川
金沢町
駿河台
昌平橋
筋違御門
小川町
大草主計の屋敷
須田町
神田多町
神田
神田鍋町
一ツ橋御門
江戸城
四谷御門
麹町
半蔵御門
桜田御門
赤坂御門
山下御門
山下町
紀伊国橋
山城河岸
東海道
三十間堀
木挽橋
木挽町

図版作成／ジェオ

〈主な登場人物〉

青井市之介……二百石の非役の旗本。青井家の当主

おみつ……市之介の新妻。糸川の妹

つる……市之介の母。御側衆大草与左衛門（故人）の娘

茂吉……青井家の中間

大草主計《かずえ》……市之介の伯父。御目付。千石の旗本

小出孫右衛門…大草家に仕える用人

糸川俊太郎……御徒目付。市之介の朋友

佐々野彦次郎…御小人目付から御徒目付に栄進。糸川の配下

佳乃……佐々野の妻。市之介の妹

本書は書き下ろしです。

第一章　ふたりの武士

1

「吉助《きちすけ》、いい月だねえ」

　庄右衛門《しょうえもん》が、頭上の月を見上げて言った。

　満月が皓々《こうこう》と輝いていた。風のない静かな夜である。

「星が降るようです」

　吉助も、頭上を見上げている。

　四ツ（午後十時）ごろだった。ふたりは、日本橋本町《にほんばしほんちょう》四丁目の表通りを西にむかって歩いていた。そこは、奥州街道でもあり、日中はいつも賑わっていた。様々な身分の者が行き交うなかに、旅人、駕籠《かご》、駄馬を引く馬子などの姿も目につく通りである。ところが、いまは人影もなく、通り沿いに並ぶ大店《おおだな》は表戸をしめ、夜の帳《とばり》のなかにひっそり寝静まっている。

「遅くなりました。すこし急ぎましょうかね」

庄右衛門は、そう言って足を速めた。

吉助は、風呂敷包みを抱えて、庄右衛門の後をついてくる。

庄右衛門は、商談のため薬研堀《やげんぼり》沿いにある料理屋、滝田屋《たきたや》で飲んだ帰りだった。吉助は、供としてついていったのだ。

庄右衛門は、高倉屋《たかくらや》という老舗の呉服屋の主人だった。ふたりが歩いている表通りを西にむかった先の本町二丁目で、店を構えていた。供の吉助は手代である。

ふたりが、本町三丁目まで来たとき、吉助が振り返り、

「だ、だれか、来ます」

と、声をつまらせて言った。

庄右衛門は、振り返って見た。通り沿いの店の陰になって、はっきり見えないがふたりいるようだ。ひとりは小袖に袴姿であることが分かった。小袖が縞柄のせいで、見てとれたのだ。

もうひとりは、茶か黒の着物らしく、その輪郭もよく見えなかった。ただ、ふ

たりの足音ははっきりと聞きとれた。

「お、武家さまの、ようだ」

庄右衛門の声は、震えていた。背後から来るふたりは、ただの通行人ではないと思ったらしい。

庄右衛門と吉助は、小走りになった。すると、背後からふたりの足音が速くなった。走りだしたようだ。

吉助が小走りのまま振り返り、

「追ってきます！」

と、うわずった声を上げた。

庄右衛門は、喘《あえ》ぎながら振り返った。ふたりの武士が、追ってくる。その姿がはっきりと見えた。ふたりは、店の陰から出て月光に照らされていた。

ふたりとも、大小を帯びている。ひとりは、闇に溶ける紺の小袖と黒のたっつけ袴だった。長髪を後ろで束ねているらしい。もうひとりは、羽織袴姿だった。

ふたりの武士の足は速く、すぐに庄右衛門たちの背後に迫ってきた。

庄右衛門と吉助は必死になって逃げたが、背後から来るふたりの足音はすぐ近くで聞こえた。

「待たぬと、後ろから斬りつけるぞ！」

羽織袴姿の武士が、声高に言った。

ヒイッ、という吉助の悲鳴のような声が聞こえ、足がとまった。庄右衛門も身を顫《ふる》わせて、足をとめた。庄右衛門と吉助の前に、羽織袴姿の武士が立ちふさがったのだ。肩幅のひろい、がっちりした体軀《たいく》である。

もうひとりの長髪の武士も、庄右衛門たちの前に立った。肩幅がひろく、どっしりした腰をしていた。小袖とたっつけ袴が闇に溶け、長髪が耳まで覆っていた。顔の輪郭もはっきりせず、夜陰のなかに双眸《そうぼう》だけが、青白くひかっている。

「た、助けて……」

庄右衛門が声を震わせて言った。

「高倉屋のあるじか」

がっちりした体軀の武士が、訊《き》いた。

「は、はい、庄右衛門でございます。お、お助けを……」

庄右衛門は、拝むように手を合わせた。

「手代か」

武士が、庄右衛門の脇で身を震わせている吉助に訊いた。

「て、手代の吉助です。……助けて！」

吉助が後じさりながら言った。

「ふたりは、滝田屋からの帰りか」

羽織袴姿の武士が訊いた。

「……！」

庄右衛門が、驚いたような顔をして武士を見た。ふたりの武士は、滝田屋から
ずっと尾けてきたのだろうか。

「ちがうのか」

武士が念を押すように訊いた。

「そ、そうです」

庄右衛門が、声を震わせて答えた。

「ならば、冥土に送ってやらねばな」

武士は薄笑いを浮かべて、刀を抜いた。刀身が、月光を反射《はね》て青白くひかった。

一瞬、庄右衛門は目を剝いて武士を見たが、反転して逃げようとした。

「逃がさぬ！」

武士はすばやく踏み込み、刀を袈裟《けさ》に払った。一瞬の太刀《たち》捌《さば》きである。

切っ先が、庄右衛門の首をとらえた。庄右衛門の首が横にかしいだ次の瞬間、血飛沫《ちしぶき》が飛び散った。首の血管《ちくだ》を斬ったらしい。

庄右衛門は血を撒《ま》きながらよろめき、足がとまると、腰からくずれるように転倒した。

「た、助けて！」

吉助が、その場から逃げようとして走りだした。

刹那、長髪の武士が、手にした刀を突き出した。一瞬の突きである。吉助の背に刺さった刀の切っ先が、胸から突き出した。

吉助は足をとめ、顎を突き出すようにして呻《うめ》き声を上げた。長髪の武士は、その場に立ったまま刀を引き抜いた。すると、吉助の胸から血が噴出した。切っ先が心ノ臓を突き刺したらしい。

吉助は血飛沫を上げながらよろめき、足がとまると、前に屈《かが》むような格好で倒れた。地面に俯《うつぶ》せに倒れた吉助は、四肢を痙攣《けいれん》させていたが、いっときすると動かなくなった。絶命したようだ。

「紙入れを抜いておくか」

長髪の武士が、庄右衛門の懐に手を入れて紙入れを抜き取った。

「いくぞ」

もうひとりの武士が声をかけた。

ふたりの武士は懐手をして、人気《ひとけ》のない通りを悠然と歩いていく。満月がふたりの姿を夜陰のなかに浮かび上がらせている。

2

青井市之介《あおいいちのすけ》は、庭に面した縁側に出ると、両手を突き上げて伸びをした。晴天だった。春の朝日が、庭の楓《かえで》の新緑をもえるように輝かせていた。その新緑のなかを渡ってきた春の風が、市之介の頰を心地よく撫でていく。

市之介は、朝餉《あさげ》の後、やることがないので縁側に出てきたのだ。市之介は二十代後半で、旗本の当主だった。二百石を食《は》んでいる。ただ、非役のために出仕せず、いつも暇を持てあましていた。

市之介が庭を眺めていると、座敷に入ってくる足音がした。おみつらしい。おみつは、市之介の妻だった。ふたりがいっしょになって一年余経つが、まだ子供はなかった。

「旦那さま、お茶がはいりました」

おみつが、座敷から声をかけた。

おみつは、市之介のことを旦那さまと呼ぶ。旗本は、殿さまと呼ばれるのが普通だが、市之介は、おみつといっしょになったときから、旦那さまと呼ぶように話したのだ。青井家の実入りは、札差に手数料を払って二百石の米を売りさばいてもらい、その代金を手にするだけだった。そのため、奥向《おくむき》は苦しかった。市之介は、殿さまと呼ばれるような身分ではないと思い、旦那さまと呼ばせたのだ。

「お茶をいただくか」

市之介は、障子をあけて座敷に入った。

おみつは座敷に、座っていた。湯飲みを手にしている。おみつは、うりざね顔で、色白だった。なかなかの美人である。歳は、二十歳だった。子供がいないせいか、まだ娘らしさが残っている。

市之介はおみつの前に座り、湯飲みを手にして一口飲んだ後、

「母上は、何をしている」

と、訊いた。

母親の名は、つるだった。朝餉は、市之介、おみつ、つるの三人で食べた。そ

の後、市之介はやることがないので、ひとり縁側に出て庭を眺めていたのだ。

青井家は、市之介、おみつ、つるの三人家族である。つるの夫の四郎兵衛《しろべえ》は五年ほど前に亡くなり、市之介の妹の佳乃《よしの》は半年ほど前に嫁にいったのだ。

「義母上《ははうえ》は、お座敷の片付けをなされています」

おみつが言った。

「そうか」

ちかごろ、つるは暇を持て余し、片付けと称して、若いころの着物や帯を引き出して眺めていたり、ときには着てみたりしていた。市之介が、庭を眺めているのと同じように暇つぶしである。

「母上も、孫でもできると、変わるだろうな」

市之介はそう言って、おみつに流し目をむけた。

おみつは、ぽっと顔を赤らめ、「は、はい」と小声で応えて、俯いてしまった。

市之介が苦笑いを浮かべたとき、庭で足音がし、

「旦那さま、旦那さま」

と呼ぶ茂吉《もきち》の声がした。茂吉は青井家に仕える中間《ちゅうげん》である。茂吉も市之介のことを殿さまでなく、旦那さまと呼ぶ。ときには、旦那と呼ぶこともあった。

茂吉は中間だったが、市之介が旗本として出仕することがなかったので、ふだん屋敷内で下男のような仕事をしていた。青井家の奉公人は、茂吉のほかに、通いの女中のお春《はる》と飯炊きの五平《ごへい》がいるだけである。

「どうした茂吉」

市之介は、座したまま訊いた。

「旦那さま、大変ですぜ」

茂吉が昂《たかぶ》った声で言った。

市之介は立ち上がり、障子をあけて縁側へ出た。茂吉は、縁先で足踏みしていた。市之介がなかなか姿を見せないので焦れたらしい。

茂吉は五十過ぎだったが、足腰は丈夫でよく動きまわる。短軀で、猪首《いくび》。ゲジゲジ眉で、黒ずんだ厚い唇をしていた。人相はよくないが、気立てはよかった。

「旦那、人殺しですぜ」

茂吉が声高に言った。興奮しているせいか、旦那さまが、旦那になっている。

「人殺しな」

市之介は、気のない声で言った。非役の旗本に、人殺しも押し込みもかかわりはないのだ。

「旦那、糸川《いとかわ》の旦那も行きやしたぜ」

茂吉が言った。糸川俊太郎《しゅんたろう》はおみつの兄で、御徒《おかち》目付だった。

御徒目付は御目付の配下で御小人目付を指図し、幕臣を監察糾弾する役である。

これまで、市之介は何度か糸川とともに幕臣のかかわった事件の探索にあたってきた。

「糸川が行ったのか」

市之介が、念を押すように訊いた。

「へい」

「おれも行くか」

市之介は、幕臣のかかわった事件かもしれないと思った。それに、暇を持て余し、屋敷内でくすぶっているより、糸川たちといっしょに事件の探索にあたっている方が気が晴れるだろう。

「茂吉、玄関先で待て」

そう言い置き、市之介は座敷にもどった。

「おみつ、出かけてくるぞ」

市之介は、おみつに声をかけた。

「何かありましたか」

おみつが、心配そうな顔をして訊いた。

「いや、ちょっとした事件があったようだ。糸川も行ったらしいので、おれも顔を出してみる」

市之介は、おみつを嫁にもらう前から、糸川と付き合いがあったのだ。そのころから、青井、糸川と呼び合う仲だった。市之介がおみつを嫁にもらった後も、そう呼び合っている。

おみつは、玄関先まで市之介についてきた。

「旦那さま、気をつけて」

おみつは、心配そうな顔をして市之介を見送った。

3

「茂吉、場所はどこだ」

市之介は、通りに出るとすぐに訊いた。

「日本橋の本町二丁目でさァ」

「殺されたのは、武士か」

市之介は、下谷《したや》練塀小路《ねりべいこうじ》を南にむかって歩きながら訊いた。青井家の屋敷は、御家人や小身の旗本屋敷のつづく練塀小路の近くにあったのだ。

「呉服屋のあるじと、手代のようでさァ」

「呉服屋だと」

市之介の足が、急に遅くなった。幕臣のかかわった事件ではないらしい、と思ったのだ。

「茂吉、糸川たちは現場にむかったのか」

市之介が、念を押すように訊いた。

「行きやした。あっしは、お屋敷に来るとき、糸川の旦那と顔を合わせやしてね。殺しの現場に行く、と聞いたんでさァ」

「本人から聞いたのなら、まちがいないな」

糸川は、幕臣が事件にかかわっているとみたにちがいない、と市之介は思った。

市之介と茂吉は、神田川《かんだがわ》沿いの通りへ出ると、和泉橋《いずみばし》を渡った。さらに、ふたりは日本橋の表通りを南に歩き、奥州街道へ出ると、賑やかな通りを西にむかった。ふたりが本町三丁目まで来たとき、通り沿いにひとだかりができているのが見えた。

「旦那、あそこですぜ」

茂吉が前方を指差して言った。旦那さまが、旦那になっている。茂吉は、自分が岡っ引きにでもなったような気でいるのだ。

大勢のひとが集っていた。通りすがりの者が多いようだが、八丁堀《はっちょうぼり》同心や岡っ引きらしい男の姿も見えた。

「糸川の旦那ですぜ」

茂吉が前方を指差して言った。

ひとだかりのなかに糸川の姿があった。糸川の脇に、御小人目付の佐久間恭之《さくまきょうの》助《すけ》の姿があった。佐久間は、最近糸川の配下になったばかりで、まだ二十歳前後の若者だった。糸川が連れてきたらしい。

茂吉はひとだかりに近付くと、懐から十手を取り出し、

「どいてくんな」

と、声をかけた。茂吉は事件現場に臨むとき、顔馴染みの岡っ引きから貰った古い十手を持っていくことがあった。岡っ引きと思わせるためである。

その場に集っていた野次馬たちは、茂吉の十手を見ると、すぐに身を引き、そ

の場をあけてくれた。

「青井、ここだ」

糸川が手を上げて呼んだ。

市之介は、脇にいる茂吉に身を寄せ、「茂吉、近所で聞き込みにあたってくれ」と耳打ちした。

「合点でさァ」

茂吉は、勇んでその場から離れた。岡っ引きになったつもりで、聞き込みにあたるにちがいない。

市之介が糸川に近付くと、佐久間が頭を下げた。佐久間は、すでに市之介と顔を合わせていたので知っていたのだ。

市之介は佐久間にちいさくうなずいただけで、糸川に身を寄せた。

「見ろ、呉服屋のあるじの庄右衛門だ」

糸川が、足元を指差して言った。

羽織に小袖姿の商家の旦那ふうの男が、仰向けに倒れていた。首が横にかしぎ、首から胸にかけて黒ずんだ血に染まっていた。激しい出血だったらしく、辺りは黒ずんだ血が飛び散っている。

「首を一太刀か」

市之介は、男の首の傷から下手人は剣の遣い手とみた。

「下手人は袈裟に一太刀で、仕留めたようだ」

糸川が言った。

市之介と糸川は、刀傷を見て斬った者の腕のほどを見抜く目を持っていた。ふたりとも、剣の遣い手だったのだ。

ふたりは、御徒町《おかちまち》にあった心形刀流《しんぎょうとうりゅう》の伊庭軍兵衛《いばぐんべえ》の道場に通い、腕を磨いた兄弟弟子である。いまは、ふたりとも伊庭道場から離れているが、兄弟弟子だったころの物言いがときおり口に出る。

「辻斬りの仕業か」

市之介は、下手人が辻斬りなら幕府の目付筋の者が出る幕ではないと思った。町方の仕事である。

この場にも、町奉行所の事件にあたる同心が来ていた。八丁堀の同心は、小袖を着流し、羽織の裾を帯に挟む巻き羽織と呼ばれる独特の格好をしているので、すぐにそれと知れるのだ。

町奉行所の同心がふたり、すこし離れた場所のひとだかりのなかにいた。そこで、殺された手代の検屍をしているのかもしれない。

「辻斬りかどうか、まだ何とも言えないな」

糸川が、庄右衛門は紙入れも巾着も持っていないので、下手人に奪われたのではないかと言い添えた。

「ところで、糸川、何でここに来ているのだ。下手人が辻斬りにしろ強請《ゆすり》にしろ、幕府の目付筋の者が出る幕ではないはずだぞ」

「おれも、そうみたのだがな」

糸川は、脇に立っている佐久間に目をやり、「佐久間から、話してくれ」と言い添えた。

「朝方、たまたま、この近くを通りかかったのです。庄右衛門が殺されたそばに高倉屋の奉公人が来ていて、昨夜、庄右衛門は薬研堀にある滝田屋という料理屋で、商談のために武士と会ったと聞きました」

そこまで話して、佐久間は一息ついた。

「呉服屋のあるじが、武士と会ったのか」

市之介が訊いた。

「はい、奉公人はその武士の名も身分も知りませんでしたが、幕府の方らしいと口にしたのです」

「呉服屋のあるじが、幕臣と商談のために料理屋で会ったというのか」

市之介が聞き直した。

「そうです」

佐久間がはっきりと答えた。

「それでな、幕臣がかかわっているかもしれぬ、と思って、来てみたのだ」

糸川が言い添えた。

「そういうことか」

市之介がうなずいた。

4

「むこうで、殺されているのは、手代か」

市之介が、すこし離れた場所の人だかりを指差して訊いた。人だかりのなかに、町奉行所の同心の姿もあった。

「そうらしい。おれたちも、まだ手代の亡骸《なきがら》を見てないのだ」

糸川が、言った。

「行ってみるか」

市之介が先にたった。

市之介たち三人が人だかりに近付くと、集っていた野次馬たちは身を引いて道をあけた。八丁堀同心も野次馬たちの動きで、近付いてくる市之介たちに気付いたらしく、立ち上がった。

「手代の吉助は、十分に見せてもらった」

同心はそう言って、死体が横たわっている場から身を引いた。死体は、手代の吉助らしい。

市之介たち三人は、横たわっている吉助のそばに近寄った。

吉助は、地面に俯せに倒れていた。小袖の背中が、血で赭黒《あかぐろ》く染まっている。血に染まった小袖のなかほどが、裂けていた。

「後ろから、刀か槍で突き刺したようだ」

糸川が言った。

「刀だな。刀を引き抜いたとき、小袖が裂けたようだ」

市之介が、血に染まった小袖が縦に裂けていることを言い添えた。

「下手人は、背後から迫り、刀で斬らずに突き刺したのか」

「そうみていい」

「突きが、得意なのかもしれん」

糸川が吉助の死体の背に目をやって言った。

そのとき、背後に近付いてきた小袖に羽織姿の年配の男が、

「高倉屋の番頭の富造《とみぞう》でございます」

と名乗った後、「な、亡くなった主人と手代を、引き取ってもよろしいでしょうか」と声を震わせて訊いた。

富造は五十がらみであろうか。面長で、目の細い男だった。顔がこわばり、視線が揺れていた。

「おれたちはかまわんが、念のため、八丁堀にも訊いてくれ」

糸川が、町奉行所の同心を指差した。

「分かりました」

富造は市之介たちの前を離れ、同心のいる方へ足をむけた。

市之介、糸川、佐久間の三人も、横たわっている庄右衛門と吉助のそばから離れ、道端に身を寄せた。

市之介は、周囲に目をやったが、茂吉の姿はなかった。まだ近所で聞き込みにあたっているらしい。

「どうする」

市之介が、糸川に訊いた。

「念のため、高倉屋の近所で聞き込んでみるか。ここから高倉屋は近いし、ふたりの殺しにつながることが、何か出てくるかもしれん」

「そうだな」

市之介も、高倉屋がどんな店なのか、見ておきたかった。

市之介たちが通りを西にむかって歩きだしたとき、背後から走り寄る足音がした。振り返ると、茂吉が走ってくる。

市之介は足をとめ、茂吉が近付くのを待って、

「何か知れたか」

と、訊いた。糸川と佐久間も足をとめ、茂吉に目をやった。

「へ、へい、ふたりを殺した二本差しを見掛けたやつが、いやした」

茂吉が声をつまらせて言った。

「話してくれ」

市之介が、話の先をうながした。

「見掛けたのは、近くを通りかかった夜鷹そばの親爺なんで」

茂吉によると、昨夜遅く、親爺は商売を終えてこの道を通りかかったという。

「その男は、高倉屋のあるじと手代が斬られたのを見たのか」

市之介が、ゆっくりとした歩調で歩きだしながら訊いた。茂吉、糸川、佐久間の三人も歩きだした。

「遠くから、見たそうで」

「話してくれ」

市之介が言った。

「手代を斬ったふたりは、待ち伏せではなく、高倉屋のあるじと手代の跡を尾けてたようですぜ」

茂吉が話を聞いた親爺によると、ふたりの武士は庄右衛門たちの後から追いつき、何か訊いていたが、いきなり斬りつけたという。

「ふたりの武士は、高倉屋のあるじと手代を殺した後、懐手をして日本橋通りの方へ歩いていったそうで」

「どうやら、ふたりは辻斬りや物取りではなく、はじめから庄右衛門たちを狙っていたようだ」

狙ったのは、手代ではなく、主人の庄右衛門であろう、と市之介はみた。

市之介たちが茂吉の話を聞きながら歩いているうちに、本町三丁目に入った。日本橋通りが近くなったせいか、行き交うひとの姿がさらに多くなった。

「あれが、高倉屋でさァ」

茂吉が本町二丁目に入ってすぐ通り沿いにある大店を指差して言った。

通り沿いには、大店が並んでいたが、そうしたなかでも目を引く二階建ての大きな店だった。店の脇に、「呉服物品々　高倉屋」と書かれた建看板が出ていた。

高倉屋の表の大戸は、しまっていた。店のあるじと手代が殺されたため、店をひらくわけにはいかなかったのだろう。

店の脇の大戸が、一枚だけあいていた。そこから、店の奉公人や親戚筋の者たちは、出入りしているらしい。

「どうする。店の奉公人たちに訊いてみるか」

糸川が市之介に目をやって言った。

「いや、いまは話どころではないだろう。まだ、あるじと手代の亡骸も、店に運ばれてないのだからな」

市之介と糸川が話している間も、店の奉公人と思われる者たちが、慌ただしそうに出入りしていた。

「今日のところは、近所で高倉屋の評判でも訊いてみるか」

糸川が、市之介と佐久間に目をやって言った。

市之介と茂吉は高倉屋の前を通り過ぎてから、道沿いにあった店に立ち寄って高倉屋のことを訊いてみた。

近所の店で話を聞くと、高倉屋のことがだいぶ知れてきた。高倉屋は、界隈の呉服屋のなかでも屈指の大店で、評判もいいようだった。

高倉屋の斜向《はすむ》かいにあった両替屋のあるじは、

「幕府の御用達の話があるようですよ」

と、羨ましそうな顔をして言った。

市之介と茂吉は、しばらく高倉屋の近所で話を聞いてから高倉屋のそばにもどると、糸川の姿はあったが、佐久間はまだだった。

市之介が糸川と話しているところへ、佐久間が慌てた様子でもどってきた。

あらためて市之介が、高倉屋は評判がよく、幕府の御用達の話もあるらしいことを口にすると、

「それがしも、御用達の話を聞きました。あるじの庄右衛門が、薬研堀の料理屋で会ったのは幕臣らしいので、その話だったのかもしれません」

佐久間が、そう言い添えた。

すると、佐久間の話を聞いた糸川が、

「此度《こたび》の件は、幕臣がかかわっているかもしれんな」

と、顔を厳しくして言った。幕臣がかかわっていれば、目付筋である糸川たちの出番である。

5

翌日、昼近くなって、市之介が屋敷の門から出ようとすると、茂吉が揉み手をしながら近寄ってきた。

「ヘッへへ……。旦那さま、お出かけですか」

と、頭を下げながら言った。

市之介は、茂吉が旦那さまと呼んだのを耳にして、何かあるな、と思ったが、

「そうだ。薬研堀にな」

と、素っ気なく言った。

「いけねえ。旦那さまのようなお旗本が、ひとりの供も連れねえで出かけたら、笑い者になりますぜ」

茂吉が、上目遣いに市之介を見ながら言った。

「ひとりの方が、気楽でいい」

「それに、事件のことで聞き込みにあたるなら、あっしのような男がいっしょでねえと、埒が明きませんぜ」

茂吉が首をすくめ、揉み手をして言った。

……手当てか。

市之介は、すぐに察知した。茂吉は、手当てを要求しているのである。

「そういえば、まだ茂吉に手当てを渡してなかったな」

市之介は事件にあたると、茂吉に探索や聞き込みを頼むことがあった。そうしたおり、わずかだが、手当てを渡していたのだ。

市之介は懐から財布を取り出し、一分銀を二枚取り出すと、

「いつもと同じ、二分だ」

と言って、手渡した。

「ありがてえ。これで、やる気が出やしたぜ」

茂吉が、一分銀を握り締めてニンマリした。

「糸川たちと、いっしょだが、茂吉も行くか」

「お供しやす」

茂吉は、意気込んで歩きだした。

市之介と茂吉が、和泉橋のたもとまで行くと、糸川と佐久間が待っていた。市之介は糸川たちといっしょに行くことになっていたのだ。

「待たせたか」

市之介が糸川に声をかけた。

「いや、おれたちも、いま来たところだ」

「行くか」

市之介たちは、和泉橋に足をむけた。

和泉橋を渡って柳原通《やなぎわらどお》りに出ると、東にむかった。いっとき歩くと、賑やかな両国広小路《りょうごくひろこうじ》に出た。そこは、江戸でも有数の盛り場で、様々な身分の老若男女が行き交っていた。その雑踏のなかに、水茶屋の茶汲み女の嬌声や見世物小屋の呼び込みの声などがひびいている。

市之介たちは両国広小路を抜けて大川端《おおかわ》に出ると、川沿いの道を川下にむかった。いっとき歩くと、薬研堀にかかる元柳橋《もとやなぎ》が見えてきた。

市之介たちは、元柳橋のたもとで足をとめた。薬研堀沿いの道も、行き交うひとの姿が多かった。薬研堀沿いにある料理屋、料理茶屋などが目当ての客や両国広小路から流れてきた者たちらしい。

「滝田屋だったな」

市之介が言った。

「手分けして探すか」

糸川が、薬研堀沿いの道に目をやった。

「近所の者に訊けば、すぐに分かるのではないか」

滝田屋は、界隈で名の知れた料理屋らしい、と市之介はみていたのだ。

市之介たちは薬研堀沿いの道を歩き、目についたそば屋に立ち寄って、滝田屋がどこにあるか訊くと、すぐに知れた。二町ほど堀沿いの道を西にむかって歩くと、滝田屋は道沿いにあるという。二階建ての老舗の料理屋で、行けば分かるそうだ。

市之介たちは、さらに堀沿いの道を歩いた。

「旦那、あの店ですぜ」

先を歩いていた茂吉が、通り沿いの店を指差した。

二階建ての大きな料理屋だった。二階にもいくつか座敷があり、嬌声や客の談笑の声などが聞こえてきた。繁盛している店らしい。

市之介は、四人もで店に入って話を訊くことはないと思い、

「糸川、様子を訊いてきてくれ」

と、声をかけた。

「青井はどうする」

糸川が訊いた。

「おれと茂吉は、近所で滝田屋の評判でも訊いてみる」

市之介は、茂吉を連れて滝田屋の店先から離れた。

「旦那、せっかく来たのに、滝田屋に寄らねえんですかい」

茂吉が残念そうな顔をした。

「滝田屋で訊くのは、ふたりで十分だ。それに、滝田屋で庄右衛門の会った相手が幕臣なら目付筋の糸川の方が様子が分かるからな」

市之介はそう言って、通り沿いに目をやった。話の聞けそうな店はないか、探

したのである。

「あの紅屋で、訊いてみるか」

市之介は、通り沿いにある紅屋を目にとめた。

紅屋は紅花の花を練り固めて紅を作り、貝殻や焼き物の小皿などに塗って売っている。その紅屋に店番の年増がいて、通りを行き交うひとに目をやっていた。

市之介は紅屋の店先に立ち、

「ちと、訊きたいことがあるのだがな」

と、年増に声をかけた。

「何でしょうか」

年増は怪訝な顔をした。紅屋は女相手の店で、男が立ち寄ることは滅多にない。しかも、羽織袴姿の武士に声をかけられたのである。

「そこに、滝田屋があるな」

市之介が、滝田屋を指差して言った。

「ございますが」

「実は、おれの知り合いの男がよく来るらしいのだが、武士が来ることもあるのか」

市之介は、まず庄右衛門と会った武士のことを訊こうと思った。

「ございます」

年増は、素っ気なく答えた。

「身分のある武士だぞ」

市之介は、他に訊きようがなかったので、身分のある武士と口にしたのだ。

「どんな方か存知ませんが、立派な駕籠でみえるお武家さまもおられますよ」

「そうか」

市之介は、呉服屋と会っていたこともそれとなく話したが、年増は首をかしげただけだった。

「手間をとらせたな」

市之介は紅屋の前から離れた。

市之介と茂吉は通り沿いの他の店に立ち寄って、高倉屋のことも持ち出して訊いてみたが、新たなことは分からなかった。

6

市之介と茂吉は、滝田屋の前にもどったが、糸川と佐久間の姿はなかった。仕方なく、市之介たちは薬研堀の岸際に立って糸川たちが店から出てくるのを待った。

それから小半刻（三十分）も経ったろうか。糸川と佐久間が、慌てた様子で滝田屋から出てきた。ふたりは、堀の岸際にいる市之介たちを目にすると、小走りに近寄ってきた。

「すまん、待たせたか」

糸川が言った。

「いや、おれたちも来たばかりだ」

市之介はだいぶ待ったが、そう言っておいた。

「何か知れたか」

市之介が訊いた。

糸川は、庄右衛門の座敷についた女中から聞いた、と前置きしてから、

「庄右衛門と会っていたのは、やはり幕臣らしい」

と、言い添えた。

「身分は分かるか」

市之介が訊いた。

「身分は分からないが、その武士が庄右衛門と呉服の話をしていたらしいので、納戸方の者かもしれん」

糸川によると、納戸方といってもいろいろ役柄があり、人数も多いので、突き止めるのは難しいという。

糸川はいっとき間を置いてから、

「その女中から、気になることを聞いたのだ」

と、声をひそめて言った。

「話してくれ」

「女中が、庄右衛門と手代、それに武士を店先まで送りだし、店にもどろうとしたとき、別の武士が近寄ってきたそうだ。武士は、店から出ていったふたりのことを女中に訊いたらしい」

「どんなことを訊いたのだ」

「店から出ていった町人は、高倉屋の主人かどうか訊いたらしい。女中は、武士が高倉屋の名を出したので、いっしょにいた武士の知り合いかと思って、庄右衛門の名を口にしたようだ」

「その武士は、女中から庄右衛門のことを聞いた後、どうしたのだ」

市之介が、身を乗り出すようにして訊いた。

「庄右衛門の後を追うように、元柳橋の方へむかったそうだ」

「そやつだ！　庄右衛門たちを襲ったのは」

市之介の声が大きくなった。

「おれもそうみた。どこかで、別の武士といっしょになり、ふたりで庄右衛門たちの後を追ったにちがいない」

糸川の声には、昂ったひびきがあった。

「すると、庄右衛門と吉助を殺したふたりは、庄右衛門が滝田屋に来ていたことを知っていたことになるな」

「そうなる」

「幕府の御用達にかかわる者かな」

市之介が、首を捻《ひね》りながら言った。

「まだ、何とも言えぬ」

「どうだ、これから高倉屋に行ってみないか」

「いま、高倉屋は葬儀の準備で忙しいのではないか」

糸川が言った。高倉屋で、庄右衛門と吉助の亡骸を引きとったのは、昨日遅くなってからだった。葬儀の準備で忙しいころだろう。

「庄右衛門が滝田屋で会った相手の武士の名を訊くだけだ。奉公人なら、知っているかもしれん」

市之介は、庄右衛門が滝田屋で会ったのはだれか、知りたかった。

「行ってみるか。ここから、高倉屋まで、遠くないからな」

糸川が同意した。

市之介たちは、両国広小路に出てから奥州街道を西にむかった。そして、本町二丁目にある高倉屋の近くまで来た。

「店はしまってやす」

先を歩いていた茂吉が、指差して言った。

見ると、高倉屋の大戸はしまっていたが、脇の二枚だけあいていた。そこから、奉公人たちが出入りしている。

市之介たちは、高倉屋の前まで来た。

「奉公人から訊いてみるか」

市之介が大戸の前に立ち、奉公人が出てくるのを待った。

「ここは、青井にまかせよう」

そう言って、糸川と佐久間は店先から離れた。四人もで、店先に立って訊くことはないと思ったのだろう。糸川たちは近所で聞き込みにあたるらしく、表通りの左右に目をやりながら歩いていく。

茂吉は残り、市之介のすぐ後ろに控えていた。

市之介がいっとき待つと、手代らしい男が店から出てきた。二十歳前後と思われるずんぐりした体軀の男である。

「手代か」

市之介が近付いて声をかけた。

「手代の栄吉《えいきち》ですが、どなたさまで」

栄吉が、戸惑うような顔をして訊いた。

すると、市之介の後ろにいた茂吉が、懐から十手を出して見せ、

「お上の旦那だ」

と、声をひそめて言った。

「ど、どのような御用件でしょうか」

手代が、強張った顔で訊いた。八丁堀の同心ふうでない市之介を、火盗改《かとうあらため》とでも思ったのかもしれない。

「殺された庄右衛門のことでな」

市之介はそう言った後、さらにつづけた。

「庄右衛門は、薬研堀にある料理屋からの帰りに殺されたようだが、だれと会っていたか知っているか」

「会っていた方の名は、存知ません」

手代は小声で言った。

「身分は知っているのか」

「ご、ご身分は存じませんが、将軍さまのお近くにいる方で、お着物や調度などにかかわっているお方と聞いたことがございます」

手代の声が震えた。幕府の将軍にかかわる話なので、畏れ多いと思ったのだろう。

「幕府の御用達の話があったのではないか」

呉服屋のあるじが、幕府の着物や調度にかかわっている役柄の者と会ったのなら、御用達の話ではないか、と市之介はみたのだ。

「手前には、分かりませんが……」

そう言って、手代は市之介に頭を下げると、足早に店先から離れた。

市之介と茂吉はその後も店先で待ち、姿を見せた別の手代に訊いたが、新たなことは何も知れなかった。

市之介と茂吉が、店先から離れていっときすると、糸川と佐久間がもどってきた。

「糸川、何か知れたか」

すぐに、市之介が訊いた。

「歩きながら話そう」

そう言って、糸川は歩きだし、高倉屋から離れると、通り沿いにあった太物問屋で話を聞いたと前置きし、

「噂だがな。高倉屋に、御用達の話があったようだ」

と、市之介に身を寄せて言った。

「おれもいま、御用達の話を手代から聞いたところだ」

市之介が言った。

「それが、話があったのは、高倉屋だけではないらしいぞ」

糸川が上目遣いに市之介を見た。

「別の呉服屋にも、話があったのか」

「そうらしい。松乃屋《まつのや》という呉服屋にも御用達の話があったようだ」

糸川によると、松乃屋も呉服屋の大店で、本石町二丁目《ほんごくちょう》の表通り沿いにあるという。本石町も賑やかで、高倉屋のある本町と近かった。

「松乃屋も、かかわっていそうだな。……此度の件は、一筋縄ではいかないようだ」

市之介が厳しい顔をしてつぶやいた。

7

市之介は遅い朝餉をすませた後、縁側に出て庭に目をやっていた。糸川たちと本町二丁目に出かけ、高倉屋の手代から話を聞いた三日後である。

座敷の障子のあく音がし、「旦那さま、旦那さま」と呼ぶおみつの声がした。

何かあったのか、声に慌ただしそうなひびきがあった。

市之介が障子をあけて、座敷に顔を出すと、

「旦那さま、小出《こいで》さまがお見えですよ」

おみつが、小声で言った。

小出孫右衛門《まごえもん》は、御目付の大草主計《おおくさかずえ》に仕える用人である。小出は大草の使いで、青井家に来ることがあった。

市之介の母親のつるは、主計と兄妹であった。大草家は千石の旗本で、父親の大草与左衛門《よざえもん》は御側衆まで栄進した。その与左衛門の跡を継いだのが主計で、糸川たち目付筋の者を支配する御目付の要職にあった。

つるは市之介とちがって、金に頓着しなかった。大草家という大身の旗本の家に生まれ、何不自由なく育てられたからだろう。

「小出どのは、客間か」

市之介が訊いた。

「はい、いま、義母上《ははうえ》と話してます」

「行ってみるか」

市之介は、おみつにつづいて座敷を出た。

客間で、つると小出が話していた。小出はつるが大草家にいる時から奉公していたので、つるとは顔馴染だった。

市之介が障子をあけて座敷に顔を出すと、

「青井さま、お久し振りでございます」

小出が笑みを浮かべて言った。小出は還暦にちかい老齢だが、老いは感じさせず、矍鑠《かくしゃく》としていた。

市之介がつるの脇に腰を下ろすと、

「市之介、小出どのは、兄上の御用で見えたようですよ」

つるが、おっとりした声で言った。兄上とは、御目付の大草主計のことである。

「それで、用件は」

市之介は、小出に訊いた。

「殿から、お話があるはずです。それがしは、青井さまをお連れするよう、仰せつかってまいりました」

「伯父上は、お屋敷におられるのか」

市之介は、高倉屋の主人が殺された件であろうと踏んだ。すでに、大草の配下の糸川たちが探索にあたっている。当然、大草の耳には入っているはずだ。

「はい、今日はお屋敷におられます」

「伯父上が、お待ちでは、すぐにいかねばなるまい」

「市之介、着替えてからですよ」

つるが、慌てて言った。

市之介は、庭に面した座敷にもどると、おみつに手伝わせて羽織袴姿になった。伯父の家に、着流しでいくわけにはいかなかったのだ。

市之介はおみつとつるに見送られ、小出とともに屋敷を出た。

大草家の屋敷は、神田小川町《おがわまち》にあった。市之介の屋敷からは遠くない。神田川沿いの道に出て西にむかい昌平橋《しょうへいばし》を渡れば、すぐに小川町へ出られる。

市之介は小出とともに、昌平橋を渡った。そして、小川町に入り、大名屋敷や大身の旗本屋敷のつづく通りを経て、大草家の門前に出た。

大草家は、門番所付きの長屋門を構えていた。千石の旗本に相応《ふさわ》しい豪壮な門である。

小出が門番に話すと、すぐに表門の脇のくぐりから、市之介と小出を入れてくれた。

「こちらへ」

小出は市之介を屋敷の奥の座敷に案内した。そこは、大草が市之介と会って話すときに使われる座敷である。

座敷に、大草の姿はなかった。小出は市之介に、

「殿は、すぐにお見えになりますので、ここでお待ちください」

と、言い残して、座敷から出ていった。

市之介が座敷で待つと、いっときして、廊下を歩く足音がした。聞き覚えのある大草の足音である。

すぐに、障子があいて、大草が姿を見せた。大草は小袖に角帯というくつろいだ格好だった。

大草は座敷に入ってきて市之介と対座するなり、

「御苦労だな」

と、笑みを浮かべて言った。

大草は五十がらみだった。つるに似ていて、ほっそりとした華奢《きゃしゃ》な体軀だが、市之介にむけられた目には、御目付らしい鋭いひかりがあった。

「つると嫁は、息災かな」

大草が、つるとおみつのことを訊いた。

以前、青井家には市之介の妹の佳乃がいて、大草は市之介と顔を合わせると、佳乃のことを訊いたのだが、佳乃は佐々野彦次郎《ささのひこじろう》という御徒目付の許に嫁に行き、いま青井家にはいなかった。佳乃のことは、配下である佐々野から訊いているにちがいない。

「はい、ふたりとも元気です」

「それは、なによりだ」

大草は笑みを浮かべて言った後、

「市之介に頼みがあって、来てもらったのだ」

と、声をあらためて言った。

市之介は、無言でちいさくうなずいた。目は、大草にむけられたままである。

「呉服屋のあるじが、殺された件だが、市之介も知っておるな」

「はい」

「糸川から聞いたのだが、下手人は武士で、事件には幕臣がかかわっているそうではないか」

「そう聞いております」

市之介は、すでに事件の探索にあたっていたが、そのことは口にしなかった。

糸川から聞いているはずである。

「市之介、頼みがある」

大草が市之介を見つめて言った。

「どのようなことでしょうか」

「糸川たちとともに、事件の探索にあたってくれ。幕臣がかかわっていれば、町方より先に始末せねばならぬ」

大草が顔を厳しくして言った。

市之介はすぐに応えず、いっとき間を置いてから、

「それがしは非役ですので、目付筋の糸川たちと、事件の探索にあたる筋合いはございません」

と、きっぱりと言った。市之介は、大草から探索にあたるよう指示されることは分かっていたが、すぐに承知するわけにはいかなかった。

以前から、大草は市之介が五百石ほどの役柄に就けるよう、幕閣に働きかけていると話していたが、一向に実現する気配がなかった。果たして、大草が市之介のために動いてくれているのか疑わしい。それに、大草が市之介に依頼するのは、命懸けの仕事ばかりである。

「分かった、分かった。仕方ない、また手当てを出そう」

大草は苦笑いを浮かべた。

「お手当てをいただけるのですか」

市之介の顔色が変わった。手当てなら確かである。しかも、この場でいただけるなら、明日からしばらくの間、金の心配はせずに済む。

「ここに、いつものように百両用意した」

大草は、懐から袱紗《ふくさ》包みを取り出した。どうやら、大草は初めから市之介に金を渡すつもりで用意したようだ。

「手を貸してくれるな」

大草が念を押すように訊いた。

「むろんです。糸川どのたちと力を合わせ、町方より早く、此度の件の下手人たちを捕らえるつもりです」

市之介は、きっぱりと言った。

「そうか。……これでな、つると嫁に何かうまい物でも食わせてやれ」

大草は手にした袱紗包みを市之介の膝先に置いた。袱紗包みには、切餅が四つ包んであるようだ。切餅は、一分銀を紙で二十五両分方形につつんだ物で、四つで百両である。

大草の胸の内には、青井家に援助してやりたい気持ちがあり、事件の探索を手伝う報酬という名目で、市之介に渡すつもりだったのだろう。

「伯父上のお気持ち、終生忘れませぬ」

そう言って、市之介は袱紗包みを手にすると、額に押し当てて深々と頭を下げた。

第二章　斬殺

1

「佐久間、青井が大草さまに呼ばれたようだぞ」

糸川が歩きながら言った。

糸川と佐久間は、本石町二丁目に出かけて呉服屋の松乃屋を探った帰りだった。探ったといっても、近所で松乃屋の評判を訊《き》いただけである。

「どうやら、青井もおれたちと一緒に探索にあたることになったらしい」

「良かった。青井さまが一緒だと、心強いですからね」

佐久間が言った。

「そうだな。青井は腕がたつからな」

そんなやり取りをしながら、糸川と佐久間は、柳原通りを東にむかって歩いていた。本石町二丁目から、しばらく中山道を北にむかった後、内神田の町筋に入り、神田川沿いにつづく柳原通りに出た。ふたりは、御徒町にあるそれぞれの家に帰るつもりだった。

陽は家並の向こうにまわっていた。西の空は、夕焼けに染まっている。行き交うひとは、沈む夕陽に急《せ》かされるように足早に歩いていく。

前方に、神田川にかかる和泉橋が見えた。

「急ぐか」

糸川が佐久間に声をかけた。町筋が夕闇に染まる前に、家に帰りたかったのだ。

前方に和泉橋が近付いてきたとき、佐久間が糸川に身を寄せ、

「後ろの武士、おれたちの跡を尾《つ》けているのかもしれません。柳原通りに出たときから、ついてきます」

と、声をひそめて言った。

「承知している。……だが、相手はひとりだ」

腕のたつ武士であっても、相手がひとりなら後れをとるようなことはない、と糸川はみていた。

武士は網代笠《あじろがさ》をかぶっていた。肩幅のひろいがっちりした体軀《たいく》の男で、大小を帯びている。

糸川と佐久間が、和泉橋のたもと近くまで来たときだった。路傍の柳の樹陰から、武士がひとり通りに出てきた。そして、糸川たちの行く手を塞ぐように立った。長身の武士で、長髪が耳まで覆っている。

そのとき、後ろを振り返った佐久間が、

「後ろから、走ってくる!」

と、昂《たかぶ》った声で言った。

見ると、背後にいた網代笠をかぶった武士が、走り寄ってきた。左手で、刀の鞘の鯉口近くを握っている。

「挟み討ちか!」

糸川が声を上げた。

「佐久間、柳の木に寄れ!」

糸川が声をかけた。相手もふたりだが、前後から攻撃されるのを防ごうとしたのだ。

糸川と佐久間が柳を背にして立つと、ふたりの武士は左右から走り寄った。近くを通りかかった仕事帰りの大工らしいふたり連れが、悲鳴を上げて逃げた。

糸川の前に立ったのは、長身の武士だった。長い髪が、耳まで覆っている。吉助を突きで殺した武士である。もうひとりの網代笠をかぶった武士が、庄右衛門を斬殺したのだ。糸川も佐久間も、ふたりの武士が吉助と庄右衛門を殺したことは知らない。

「なにやつだ！」

糸川が激しい声で誰何《すいか》した。

「……」

長髪の武士は、無言のまま糸川を見つめている。細い双眸《そうぼう》が、獲物を狙う蛇のようである。

……この男、遣い手だ！

と、糸川は察知した。

長髪の武士には隙がなく、身辺から異様な殺気が感じられた。

「抜け！」

長髪の武士が、刀の柄に右手を添えて言った。

「おぬしらだな。高倉屋のあるじと手代を斬ったのは」

糸川は、刀の柄に右手を添えたまま訊いた。糸川の脳裏に、庄右衛門と手代を斬殺した下手人のことがよぎったのだ。

長髪の武士は、糸川の問いには応えず、

「抜かないなら、斬るぞ」

と言って、抜刀した。

すかさず、糸川も刀を抜き、青眼《せいがん》に構えた。長髪の武士も青眼に構えた。低い青眼で、剣尖《けんせん》が糸川の刀身の下になっている。

……妙な構えだ！

糸川は、青眼にしては武士の刀身が低過ぎると感じた。剣尖が、糸川の目線や喉より下にむけられているのだ。

ふたりの間合は、およそ三間――。

まだ、一足一刀の斬撃の間境《まざかい》の外である。ふたりは、全身に気勢を漲《みなぎ》らせ、斬撃の気配を見せて気魄《きはく》で敵を攻めていた。

このとき、佐久間は網代笠をかぶった武士と対峙《たいじ》していた。武士は肩幅のひろい、がっちりした体軀だった。構えは青眼で、全身に気勢が漲っていた。隙のない構えで、剣尖には、そのまま佐久間の眼前に迫ってくるような威圧感があった。佐久間も遣い手だったが、武士の剣尖の威圧に押された。

武士は、ジリジリと間合をつめてきた。佐久間は、武士の構えの威圧に押されて後じさったが、ふいに足がとまった。背後にあった柳の木に迫り、それ以上下がれなくなったのだ。

武士は寄り身をとめなかった。すこしずつ一足一刀の斬撃の間境に迫ってくる。

イヤアッ！

突如、佐久間が甲走った気合を発した。気合で、敵の寄り身をとめようとしたのだ。

だが、気合を発したことで、佐久間の構えが崩れた。この一瞬の隙を武士がとらえた。

タアッ！

武士が鋭い気合を発し、踏み込みざま斬り込んできた。

真っ向へ——。

武士の切っ先が、佐久間の頭頂を襲った。

咄嗟《とっさ》に、佐久間は身を引いて武士の切っ先をかわしたが、体勢がくずれてよろめいた。すかさず、武士は佐久間に身を寄せて、袈裟《けさ》に斬り込んだ。真っ向から袈裟へ——。一瞬の連続技である。

ザクリ、と佐久間の肩から胸にかけて小袖が裂け、露になった肌に血の線がはしった。

佐久間は、呻《うめ》き声を上げてよろめいた。深い傷で、噴き出した血が見る間に佐久間の胸と小袖を真っ赤に染めていく。

佐久間は足をとめると、何とか体勢を立て直そうとしたが、刀を構えることもできず、腰からくずれるように転倒した。

糸川は佐久間が斬られたのを目にすると、後じさり、長髪の武士との間合があくと、周囲に目をやった。逃げ道を探したのである。

「逃がさぬ!」

長髪の武士が迫ってきた。

糸川はさらに長髪の武士から逃げた。相手がふたりになれば、太刀打ちできないとみたのだ。

そのとき、糸川は、通りの先に供を連れた騎馬の武士がいるのを目にした。旗本らしい。中間《ちゅうげん》、侍、若党など、十数人の供を連れている。

「お助けくだされ！　この者、辻斬りでござる！」

糸川が叫んだ。

すると、騎馬の武士は、抜き身を手にしている糸川と長髪の武士に目をむけ、供の侍と若党に何やら声をかけた。
五、六人の侍と若党が、糸川の方へ駆け寄ってきた。
これを見た長髪の武士は、

「引くぞ！　邪魔がはいった」

と、もうひとりの武士に声をかけた。そして、糸川から身を引いて間合をとると、抜き身を手にしたまま走りだした。もうひとりの武士も、長髪の武士の後を追っていく。

糸川は手にした刀を鞘に納め、駆け寄ってきた侍や若党たちに、

「かたじけない。助かりました」

と、礼の言葉をかけ、すぐに倒れている佐久間の許に走り寄った。佐久間は全身血塗《ちまみ》れだった。すでに、絶命していた。

糸川は、佐久間の死体を抱き締め、

「佐久間、敵《かたき》は討ってやるぞ」

と、声を上げた。

それから、糸川は駆け付けた騎馬の旗本にあらためて礼を言った後、佐久間の死体を柳の樹陰に移動した。辻駕籠《つじかご》を探し、死体を佐久間家まで運んでやるつもりだった。

2

市之介は両袖を襷《たすき》で絞り、庭に出て真剣を振っていた。怠惰な暮らしぶりで鈍った体を、すこしでも鍛え直そうと思ったのである。

小半刻（三十分）ほど、真剣で素振りをつづけると、市之介の顔に汗が流れ落ちるようになった。流れる汗にはかまわず、市之介は刀を振り続けた。

そのとき、庭に面した座敷の障子があき、おみつが顔を見せた。

「旦那さま、兄上と佐々野さまがお見えです」

おみつが言った。

兄上とは、糸川である。佐々野彦次郎は、糸川と同じ御徒目付だった。市之介の妹の佳乃を嫁にもらった男である。

市之介は、これまで糸川だけでなく、佐々野とも一緒に大草から依頼された事件の探索にあたってきたのだ。

市之介は素振りをやめ、流れる額の汗を手の甲で拭いながら、

「座敷に通してくれ」

と、おみつに声をかけた。

「はい！」

おみつは、すぐに座敷から出ていった。

市之介は襷を取り、あらためて手拭いで顔の汗を拭ってから座敷にもどった。いっときすると、廊下を歩く何人もの足音がして障子があいた。姿を見せたのは、おみつ、糸川、佐々野、それにつるの四人である。つるが、玄関まで糸川たちを迎えに出たのだろう。

つるは、糸川と佐々野が座敷に座すと、

「お茶を淹《い》れましょうね」

そう言って、おみつとふたりで座敷から出ていった。茶を淹れにいったらしい。

市之介は、糸川がいつになく厳しい顔をしているのを見て、

「何かあったのか」

と、訊いた。

「佐久間が、斬られたのだ」

糸川は、無念でならぬ、と呟いた後、柳原通りでふたりの武士に襲われた顚末を話し、「おれたちを襲ったふたりの武士が、高倉屋のあるじと手代を殺したとみている」

と、言い添えた。

糸川は、高倉屋のあるじの庄右衛門と手代の吉助を斬ったのは別人とみていたのだ。

「ふたりとも、遣い手のようだな」

市之介は、糸川と佐久間が後れをとったと聞いて、襲ったふたりの武士の腕のほどが分かった。

糸川はいっとき間を置いた後、

「それで、佐々野も此度《こたび》の件にくわわることになったのだ」

と、言い添えた。

「青井さま、また一緒に事件にあたることになりました。よろしくお願いいたします」

そう言って、佐々野は市之介に頭を下げた。

佐々野は、兄上と呼ばずに、青井さまと呼んだ。佐々野にとって市之介は義兄だが、いまでも独り身だったときと同じように、青井さまと呼んでいたのだ。

「よろしく頼む」

市之介はそう言うと、糸川に目をやり、

「糸川たちを襲ったのは、幕臣か」

と、声をあらためて訊いた。

「分からぬ。ひとりは、牢人ふうだったが……」

糸川は自分と立ち合った武士が、長髪で牢人体だったことを話した。

「いずれにしろ、糸川と佐久間が後れをとったとなると、ふたりとも遣い手とみていい。迂闊《うかつ》に動けないな」

市之介が、糸川と佐々野に目をやって言った。

次に口をひらく者がなく、座敷が重苦しい静寂につつまれたとき、

「それで、どう動く」

と、糸川が市之介に目をやって訊いた。

「高倉屋に出向いて話を訊いてみるか。おれは、御用達の話が、絡んでいるような気がするのだがな」

市之介が言った。

「おれも、御用達の件が絡んでいるとみているが、高倉屋だけでなく、松乃屋も何かかかわっているような気がするのだ」

糸川の顔は、厳しかった。一緒に事件にあたっていた佐久間が斬殺され、無念でならないのだろう。

「松乃屋も探ってみるか」

市之介が言うと、糸川と佐々野がうなずいた。

そのとき、廊下を歩く足音がして障子があいた。座敷に入ってきたのは、おみつとつるである。

おみつは、市之介たち三人の湯飲みを載せた盆を手にしていた。三人に、茶を淹れてくれたらしい。

つるは市之介の脇に腰を下ろし、おみつがそばに座るのを待って、

「みなさん、お茶がはいりましたよ」

と言って、おみつに目をやった。

おみつは、すぐに糸川と佐々野に茶を出し、最後に市之介の脇に座して、膝先に湯飲みを置いた。

「糸川どのも佐々野どのも、自分の家と思ってくつろいでくださいね。ふたりは、青井家の家族と同じですから」

つるが、糸川と佐々野に目をやって言った。つるの顔に嬉しそうな笑みが浮いている。つるの言うとおり、糸川は嫁にきたおみつの兄であり、佐々野は娘の佳乃の夫である。つるは、糸川も佐々野も家族のように思っているのだろう。

「義母上《ははうえ》、いただきます」

そう言って、佐々野は湯飲みに手を伸ばした。

「いただきます」

糸川も湯飲みを手にした。照れたような顔をしている。さすがに糸川は、義母上とは口にできなかったようだ。

座敷に顔をそろえた五人は、春らしい暖かな日がつづくことや、近ごろ浅草寺《せんそうじ》や両国広小路の人出が多くなったことなど、当たり障りのないことを話題にした。

市之介は話題がとぎれたとき、

「これから、高倉屋と松乃屋にいってみないか」

と、口にした。そろそろ、話を切り上げようと思ったのだ。

「事件の探索にあたらねばな」

すぐに、糸川が言い添えた。

佐々野も、うなずいた。男たちは、女ふたりを交えた話を切り上げて、探索にむかいたかったのだ。

3

市之介、糸川、佐々野の三人は、おみつとつるに見送られて青井家の玄関から出た。屋敷の外は、穏やかな春の陽気に満ちていた。

市之介たち三人は青井家の屋敷を出ると、日本橋本町にむかった。まず、高倉屋からあたってみようと思ったのだ。

奥州街道は賑わっていた。様々な身分の者が行き交い、駕籠や荷駄を引く馬子などの姿も目についた。

本町二丁目に入り、高倉屋の近くまで来たとき、

「店をひらいてます」

と、佐々野が高倉屋を指差して言った。

「あるじが殺されて、半月ほど過ぎているからな」

市之介はここへ来る前から、高倉屋は商いを始めている、とみていた。

高倉屋の店先に、大きな暖簾《のれん》が出ていた。その暖簾をくぐって、娘連れの母親、武士、商家の若旦那らしい男などが出入りしている。

「番頭に、話を訊いてみるか」

市之介が言った。

すると、佐々野が、「それがしは、近所で聞き込んでみます」と言って、市之介と糸川から離れた。三人もで店に入ったら、却って話が聞き辛くなるとみたようだ。

市之介と糸川が、暖簾をくぐった。土間の先がひろい売り場になっていた。何人もの手代が客を相手に話したり、反物をひろげて見せたりしていた。丁稚《でっち》たちは反物を運んだり、客に茶を出したりしている。

市之介と糸川が店に入っていくと、近くにいた手代が揉み手をしながら近寄ってきて、

「お着物ですか」

と、笑みを浮かべて訊いた。

「あるじの庄右衛門が、殺された件で来たのだ」

糸川が、売り場にいる客に聞こえないように声をひそめて言った。

手代の顔から笑みが消え、不安そうな表情を浮かべて、

「お、お待ちください。番頭さんに、話してきます」

と言い残し、慌てた様子で、帳場にいる番頭の富造のところにむかった。富造は手代から話を聞くと、土間に立っている市之介と糸川に目をむけた。そして、手にしていた算盤《そろばん》を帳場机に置いて腰を上げた。

富造は市之介たちの前まで来て、上がり框《がまち》の近くに座り、

「お奉行所の方でしょうか」

と、声をひそめて訊いた。市之介たちを町奉行所の同心とみたようだ。

「幕府の目付筋の者だ」

糸川はそう言った後、「主人の庄右衛門が殺された件で、訊きたいことがある」

と他の客に聞こえないよう、富造に身を寄せて小声で言った。

富造は、戸惑うような顔をしたが、

「お上がりになってください。奥の座敷で、お伺いいたします」

そう言って、市之介と糸川を売り場に上げた。

富造は近くにいた丁稚に何やら耳打ちした後、市之介たちを帳場の奥の座敷に連れていった。そこは、上客との商談のための座敷らしかった。座布団や煙草盆などが、用意されている。

「お座りになってください」

富造は市之介と糸川を上座に座らせてから、

「主人を手にかけた者が、分かりましたか」

と、顔の笑みを消して訊いた。今までの穏やかな表情とちがい、強い憎悪の色に変わっていた。

「まだ、分からぬ。実はな、この店のあるじと手代を殺したふたりの男に、おれたちも襲われて、仲間がひとり殺されたのだ」

糸川が厳しい顔をして言った。

「……！」

富造が、驚いたような顔をして糸川を見つめた。

「それでな、おれたちは、この店のあるじと手代を殺した者たちを何としても捕らえたいのだ」

糸川はそう言った後、

「下手人に心当たりは、あるか」

と、富造を見つめて訊いた。

富造はいっとき膝先に目をやったまま黙考していたが、

「ございません」

と、肩を落として言った。

「物盗りや辻斬りとは、ちがう。庄右衛門と手代を殺したふたりの武士は、はじめから庄右衛門を狙って襲ったのだ」

「そういえば、殺される半月ほど前、あるじが、お侍に跡を尾けられたような気がすると、口にされたことがございました」

「そやつらが、何者か分かっているのか」

糸川が身を乗り出して訊いた。

「亡くなったあるじは、心当たりがないようでした。てまえも、心当たりはありません」

「そうか」

糸川と富造が口をつぐんだとき、

「おれは、幕府の御用達のことが絡んでいるような気がするのだがな」

市之介が言った。

すると、富造が市之介に目をむけ、

「てまえも、御用達のことと、何かかかわりがあるような気がしますが、確かな証《あかし》は何もないもので……」

と、肩を落として言った。

「それで、御用達の話は、進んでいるのか」

糸川が訊いた。

「あ、あるじが亡くなったもので、その話はとぎれたままになっております」

富造が不安そうな顔をした。御用達になれるかどうかは、高倉屋の将来を左右するような大事なことにちがいない。

「ところで、この店はだれが継いだのだ」

市之介が、声をあらためて訊いた。

「あるじの長男の利之助《りのすけ》さんです」

富造によると、利之助は二十歳になる庄右衛門の嫡男で、修行のため他の呉服屋に手代として預けられていたという。庄右衛門の死後、利之助は高倉屋にもどり、店を継いだそうだ。

「それなら、店をつづけられるな」

市之介が言った。

「はい」

「また、寄らせてもらうかもしれんぞ」

市之介がそう言い置いて、糸川とふたりで腰を上げた。

4

「佐々野は、まだもどってないようだ」

市之介が、通りの左右に目をやって言った。高倉屋の近くに、佐々野の姿は見当たらなかった。通りには、様々な身分の者たちが行き交っている。

「待つか」

市之介が言い、糸川とふたりで高倉屋の脇に立って、佐々野がもどるのを待つことにした。

ふたりがいっとき待つと、佐々野が慌てた様子で走ってきた。

「申し訳ない。遅れました」

佐々野が荒い息を吐きながら言った。

「何か知れたか」

糸川が訊いた。

佐々野は、「近所の者に聞いたんですが」と前置きして話した。

「高倉屋は幕府の御用達になろうとして、何年も前から幕閣に働きかけていたようです。それが実現しそうになった矢先に、主人の庄右衛門が殺されたわけです」

市之介が言った。

「高倉屋の者は、無念だろうな」

「近所の者は、庄右衛門が殺されたことで、高倉屋の御用達の話は立ち消えになるのではないかとも、口にしてました」

「そうかもしれん」

市之介は、高倉屋のあるじが若い利之助に変わったこともあり、御用達の話を進めていた幕臣も、二の足を踏むのではないかと思った。

「御用達の話は、本石町にある松乃屋にいくのではないかと口にする者もいました」

「松乃屋か……。どうだ、これから松乃屋に行ってみないか」

市之介は、佐々野と糸川に目をやって言った。

「そうだな、ここから本石町は近いからな。店を見ておくだけでも、無駄足にはならないだろう」

糸川が言い、三人は奥州街道を西にむかった。

三人は中山道に出てから北に足をむけ、大きな通りと交差している場所まで来ると、左手におれた。その通りの左右につづいている地が、本石町二丁目である。

「この辺りだな」

市之介は、道沿いに並ぶ商店に目をやりながら言った。そこは賑やかな通りで、大店《おおだな》が並んでいた。

「あれが、松乃屋では」

佐々野が、通り沿いにある呉服屋らしい大店を指差して言った。

二階建てで、間口のひろい大きな店だった。店の脇に、建看板があった。近付くと、「呉服物　松乃屋」と記してあるのが見えた。

「繁盛しているようだ」

市之介が、松乃屋に目をやって言った。客は町人だけでなく、武士も頻繁に出入りしていた。

「まだ、店に入って話を訊くわけにはいかないな」

と、市之介がつづけた。松乃屋に入っても、庄右衛門が殺された事件のことで話を訊くことはできなかった。まだ、松乃屋が事件にかかわっている証は何もないのだ。

「近所で、松乃屋のことを訊いてみるしかないな」

糸川が言った。

市之介たち三人はその場で分かれ、近所で聞き込んでみることにした。

ひとりになった市之介は、通りの左右に目をやり、松乃屋から半町ほど先に路地があるのを目にした。地元の住人らしい者が出入りしている。

市之介は、路地に入って訊いてみることにした。路地に入ると、町人が目についた。職人らしい男、子供連れの母親、年寄り、それにぼてふりの姿もあった。

路地沿いには、八百屋、豆腐屋、下駄屋など、暮らしに必要な物を売る小体な店が並んでいる。

市之介は路地に入り、通りかかった職人ふうの男を呼びとめ、

「ちと、訊きたいことがある」

と、声をかけた。

「何でしょうか」

職人ふうの男は、腰を屈《かが》めたまま不安そうな顔をした。いきなり、武士に呼びとめられたからだろう。

「表通りに、松乃屋という呉服屋があるな」

市之介は、松乃屋の名をだした。

「ありやすが……」

「繁盛しているようだが、どうだ、評判は」

「悪い評判はありやせん」

男は戸惑うような顔をした。武士が、何を訊こうとしているのか、分からなかったからだろう。

「実は、おれの知り合いから聞いたのだが、松乃屋には幕府から御用達の話が来ているそうではないか。そのようなしっかりした店なら、母親の着物にする反物を松乃屋に頼もうかと思ってな」

市之介は、頭に浮かんだ作り話を口にした。

「てまえも、そのような噂を耳にしたことがありやす」

男は腰をかがめて言った。相手が、武士だったからだろう。

「やはりそうか。御用達になれば、さらに繁盛するだろうな」

幕府が調達する反物を扱うことができるし、城内にも出入りできる。何より、江戸市民に信用されるようになり、繁盛することまちがいないのだ。

「ですが、あっしら土地の者には、何のかかわりもありやせん」

男が素っ気なく言った。

「ところで、あるじの名を知っているか」

市之介は、まだ松乃屋のあるじの名も知らなかったのだ。

「駒蔵《こまぞう》さんでさァ」

「駒蔵か。……家族は」

「ご新造さんと、嫡男の新太郎《しんたろう》さん。それに、次男の……」

男は言いにくそうに語尾を濁した。

「次男がいるのか」

「へ、へい、寅次郎《とらじろう》さんで」

「寅次郎という男は、店にいるのか」

「おりやすが、出歩くことが多いようでさァ」

男によると、寅次郎は遊び人で、女郎屋や賭場に出入りしたり、悪い仲間と金を強請《ゆす》ったりすることがあるという。

「呉服屋の倅《せがれ》とは思えないな。なかなかの悪人《わる》だ」

市之介は、念のため新太郎と寅次郎のことも探ってみようと思った。

それから、市之介は高倉屋の名を出し、松乃屋とのかかわりを訊いてみたが、男は首を横に振るばかりだった。

「手間を取らせたな」

市之介は男から離れ、近所の店に立ち寄って、さらに松乃屋のことを訊いたが、事件につながるような話は聞けなかった。

市之介が糸川たちと別れた場所にもどると、佐々野の姿はあったが、糸川はまだだった。

市之介と佐々野が路傍に立って待つと、すぐに糸川がもどってきた。糸川は市之介たちを目にすると、小走りになった。

5

「すまん、待たせたか」

糸川が荒い息を吐きながら言った。急いで来たので、息切れがしたらしい。

「いや。おれたちも来たばかりだ。……どうだ、歩きながら話すか」

市之介が言った。

三人は来た道を引き返した。今日のところは、このままそれぞれの家に帰るつもりだった。

「おれから話す」

市之介が、「松乃屋にも、御用達の話がきているようだ」と切り出し、路地で出会った男から聞いたことをかいつまんで話した。

「それがしも、御用達の話は聞きました」

佐々野は身を乗り出すようにして言った後、

「ただ、耳にしたのは噂話で、確かなことは分かりません」

と、小声で言い添えた。

糸川はすぐに口をひらかなかった。人通りの多い賑やかな中山道に出たからである。

三人は中山道を横切り、しばらく歩いてから左手の通りに入った。その道を北にむかえば、神田川にかかる和泉橋近くに出られる。

その通りは行き交う人もすくなく、ひっそりとしていた。

「おれも、御用達の話を聞いたよ」

糸川はそう切り出し、

「実は、気になることを耳にしたのだ」

と、声をひそめて言った。

「何だ、気になることとは」

市之介が訊いた。

「松乃屋のあるじの駒蔵が、武士と歩いているのを見た者がいるのだ」

「どこで、目にしたのだ」

市之介の声が大きくなった。

「柳原通りで、新《あたら》シ橋の近くらしい」

糸川が言った。新シ橋は神田川にかかる橋で、和泉橋より東方にあった。両国広小路に近い場所である。

「武士の身装《みなり》は分かるか」

市之介の脳裏に、庄右衛門と手代の吉助を襲って殺したふたりの武士のことがよぎったのだ。

「羽織袴姿で、二刀を帯びていたということしか分からない」

糸川が言った。

「駒蔵と武士は、どちらにむかって歩いていたのだ」

「新シ橋の近くから、和泉橋の方にむかっていたようだ」

「その武士は、庄右衛門たちを襲った武士かもしれんぞ。柳橋近くの料理屋で会った帰りではないか」

市之介はそう言ったが、庄右衛門たちを襲った武士とは決め付けられなかった。御用達のことで会った幕臣かもしれない。

「うむ……」

糸川は首を捻った。糸川も、庄右衛門たちを襲った武士と決め付けるのは早い、と思ったようだ。

「いずれにしろ、此度の件は御用達のことがかかわっていることはまちがいない」

「駒蔵と会っていた武士がだれか分かると、様子が知れてくるのだがな」

糸川が、歩きながらつぶやくような声で言った。

三人はいっとき黙したまま歩いていたが、

「これから、どうする」

市之介が、糸川と佐々野に目をやって訊いた。これ以上、高倉屋と松乃屋の者に話を訊いても、事件の真相は見えてこないような気がしたのだ。

糸川と佐々野は、いっとき何も答えずに歩いていたが、

「庄右衛門が、滝田屋で会っていた武士に訊いてみるか」

と、糸川が市之介に顔をむけて言った。

「その武士が、だれか分かるのか」

「庄右衛門と武士が滝田屋で会ったとき、座敷にいた女中に訊けば名を覚えているかもしれん」

すでに、糸川は座敷にいた女から、庄右衛門と会っていたのは幕臣らしいと耳にしていたが、名は聞いてなかったのだ。

「明日にも、薬研堀にいってみるか」

市之介も、座敷にいた女中なら、庄右衛門と一緒にいた武士の名を覚えているかもしれないと思った。

市之介たちがそんなやり取りをしながら歩いているうちに、前方に柳原通りが見えてきた。人通りはすくなかった。すでに、陽は西の家並の向こうに沈み、家の軒下や樹陰などには淡い夕闇が忍び寄っている。

「急ごう」

市之介が、糸川と佐々野に声をかけた。辺りが夕闇につつまれる前に、屋敷まで帰りたかったのだ。


市之介たちが柳原通りの近くまできたとき、ひとりの武士が一町ほど後ろを歩いていた。武士は、網代笠をかぶって顔を隠していた。小袖に袴姿で、二刀を帯びている。武士は通り沿いの家の脇や樹陰に身を隠すようにして、市之介たちを尾けていく。

武士は、市之介たちが松乃屋の近くにいるときに目にとめ、ずっと市之介たちの跡を尾けていたのだ。

先を行く市之介たちは、背後の武士に気付いていなかった。話しながら歩いていたせいもあって、背後を振り返って見なかったのだ。

武士は、市之介たちが柳原通りに入ってからも尾行をやめなかった。武士はすこし足を速めて、市之介たちに近付いた。柳原通りには、ちらほら人影があったので、市之介たちが背後を振り返っても気付かれる恐れがないとみたのだろう。

市之介たちは、神田川にかかる和泉橋を渡った。そして、橋のたもとで三人は別れた。三人の家は、それぞれ離れた地にあったのだ。

ひとりなった市之介は、御徒町通りを北にむかって歩き、神田松永町《かんだまつながちょう》まで来ると、左手の通りに入った。市之介は自分の屋敷に帰るつもりだった。

武士は、市之介の跡を尾けていく。人通りがほとんどない通りに入ったため、大きく間をとって歩いている。

市之介は、尾けてくる武士に気付かなかった。武士が大きく間をとっていたため、振り返って目にしても、尾行していると思わなかっただろう。

武士は、市之介が屋敷の表門から入るのを目にすると、通行人を装って門の近くまで行ってみた。

「二百石ほどの旗本らしい」

武士はつぶやき、踵《きびす》を返した。

そして、近くで出会ったふたり連れの中間に、市之介が入った屋敷の当主の名を訊いた。
武士はふたりの中間から離れると、振り返って市之介が入った屋敷に目をやり、
……青井市之介か。
と、胸の内でつぶやいた。

6

その日は、曇天だった。

市之介が庭に面した座敷で出かける仕度をしていると、茂吉が縁先に来て、何処へいくのか訊いた。

「薬研堀だ」

市之介が素っ気なく言うと、

「あっしもお供しやしょう。天下の旗本に供がいねえと、笑い者になりやすからね」

茂吉は、市之介の着替えを手伝っていたおみつにも聞こえる声で言った。

……屋敷で、草取りや掃除をしているより、気が晴れるのだろう。

と、市之介は思ったが、何も言わなかった。それに、聞き込みや尾行のおりは、茂吉も役にたつのだ。

市之介は、茂吉を連れて屋敷を出た。神田川にかかる和泉橋まで行くと、岸際に立って糸川と佐々野が待っていた。

「すまん、待たせたか」

市之介は、ふたりに声をかけた。

「いや、おれたちも来たばかりだ」

糸川が言った。

「行こう」

市之介たち四人は、和泉橋を渡って柳原通りに出た。そして、賑やかな両国広小路を経て、大川の岸際の道を川下にむかって歩いた。

市之介たちは薬研堀沿いの通りに出ると、前方に滝田屋が見えてきたところで、足をとめた。

「四人で、滝田屋に入るわけにはいかないな」

市之介が、男たちに目をやって言った。

「それがしは、近所で聞き込んでみます」

佐々野は、この場は市之介と糸川にまかせようと思ったらしい。

「あっしも、店に入るのは遠慮しやすよ」

茂吉が言った。

「おれと糸川とで、話を聞いてくる」

市之介と糸川は、滝田屋の入口に足をむけた。

店先に暖簾が出ていたが、ひっそりしていた。二階の隅の座敷から、客らしい男の声が聞こえるだけである。

市之介と糸川は店先の暖簾をくぐり、格子戸をあけて店に入った。土間の先が板間になっていた。板間の奥は座敷になっているらしく、襖《ふすま》がたててある。板間の右手は、帳場らしかった。女の話し声が聞こえる。女将と女中が話しているようだ。

「だれか、いないか」

糸川が声をかけた。

すると、帳場から、「お客さんですよ」、「すぐ、伺います」と女のやり取りが聞こえ、帳場の障子があいた。姿を見せたのは、年増である。年増は、慌てた様

子で板間まで来ると、市之介たちの前に座り、

「いらっしゃいませ。女将のとせでございます」

と名乗って、市之介と糸川に頭を下げた。

「女将、おれのことを覚えているか」

糸川が小声で訊いた。糸川は、以前滝田屋で話を訊いたことがあったのだ。

「たしか、糸川さまだと……」

女将が言った。女将は、糸川の名を覚えていたようだ。

「よく覚えていたな。もう一度、高倉屋のあるじの座敷についた女中のおしげから話を訊きたいのだ。ここに、呼んでもらえないかな」

糸川が言った。女中の名はおしげらしい。

「いま、呼びます。どうぞ、お上がりになって……。帳場の隣の座敷があいてますから、使ってください」

そう言って、とせは市之介と糸川を板間に上げ、帳場の隣の座敷に連れていった。

そこは狭い座敷で、隅に座布団が積んであった。客用の座敷というより、女中たちの控えの間といった感じである。

女将は店の入口近くで、市之介たちが女中と話していては客が入りにくいとみて、座敷に上げたようだ。

市之介と糸川が座敷に腰を下ろして待つと、廊下を忙しそうに歩く足音がして、障子があいた。姿を見せた女中は、糸川を見るなり、

「あのときのお武家さま」

と、声高に言った。糸川の顔を覚えていたようだ。

「おしげ、ここに来て、腰を下ろしてくれ」

糸川が声をかけると、おしげは、糸川と市之介からすこし離れて座った。

「あのときのことで、聞きたいことがあってな」

糸川はそう言ってから、

「庄右衛門が殺された日、この店で庄右衛門といっしょに飲んだ武士を覚えているか」

と、声をあらためて訊いた。

「は、はい」

おしげが、うわずった声で答えた。

「武士の名を覚えているか」

「たしか、庄右衛門さんは、安田《やすだ》さまとお呼びしていたようですが……」

「覚えているのは、安田だけか」

「はい」

「その武士の役柄を覚えているか」

「存知ません。お役目のことは、わたしが座敷にいるときは、あまり話しませんでしたから」

おしげが言った。

「何か覚えていることはないかな」

「おふたりで、お着物のことを話していたのを覚えています」

「やはり、着物のことか」

糸川はそうつぶやいた後、市之介に顔をむけた。何か気付いたことがあったら、訊いてくれという合図である。

「庄右衛門とその武士が、この店に来たのはそのときが初めてではあるまい」

市之介が訊いた。

「はい、たしか、一月ほど前にも店に見えたかと……」

おしげによると、そのときもふたりの座敷についたが、ずいぶん前のことなので、どんな話をしていたか、まったく覚えてないという。

「ところで、松乃屋という呉服屋のあるじが、この店に来たことはないかな」

「松乃屋さんですか」

おしげは首を傾げて、記憶をたどるような顔をしていたが、

「覚えておりません。なにしろ、毎日、何人ものお客さまとお会いしているもので……」と言って、座敷から出たいような素振りを見せた。いつまでも、客ではない相手としゃべっているわけにはいかないと思ったらしい。

「手間をとらせたな」

そう言って、糸川は腰を上げた。

市之介と糸川が滝田屋から出ると、佐々野は待っていたが、茂吉の姿はなかった。市之介たち三人は滝田屋から離れ、薬研堀の岸際までいった。滝田屋の前にいると、通りを行き来するひとの邪魔になるのだ。

糸川が、滝田屋のおしげから聞いたことを佐々野に話した後、

「何か知れたか」

と、佐々野に訊いた。

「それが、事件につながるようなことは何も……」

佐々野が肩を落として言った。

市之介たちがそんな話をしているところに、茂吉が慌てた様子でもどってきた。

「茂吉、何かあったのか」

すぐに、市之介が訊いた。茂吉がひどく慌てていたからだろう。

「そ、それが、旦那、すこし前に、うろんな二本差しを見掛けたやつがいたんでさァ。そいつの話だと、二本差しは滝田屋を窺っていたようですぜ」

茂吉によると、滝田屋からすこし離れた場所に屋台を出していた団子売りの親爺に話を聞いたという。

「そやつ、おれたちのことを、見張っていたのかもしれん」

市之介はそう言ったが、確かなことは分からなかった。

7

市之介たち四人は薬研堀沿いの道から大川端を経て、賑やかな両国広小路に入った。今日は、このままそれぞれの屋敷に帰るつもりだった。

市之介たちの後方を三人の男が歩いていた。三人のうちのふたりは、庄右衛門と手代の吉助、さらに糸川と佐久間を襲い、糸川を除く三人を斬殺した武士である。もうひとりは、遊び人ふうの男だった。

市之介たちは両国広小路を通り抜けて、柳原通りに入った。まだ、日中だったので、人通りが多かった。ただ、今にも降ってきそうな空模様のせいか、通行人たちは足早に行き来していた。

市之介たちは神田川にかかる和泉橋を渡ると、いつものように橋のたもとで別れた。それぞれの屋敷に帰るためである。

市之介は茂吉を連れ、御徒町通りを北にむかって歩き、神田松永町まで来て左手にまがった。

三人の男は、市之介と茂吉の跡を尾けていく。気付かれないように、三人ばらばらになり、市之介たちから距離をとっている。

市之介と茂吉は下谷練塀小路に入り、屋敷のある方に足をむけた。そのとき、背後から歩いてきた三人が、足を速めた。市之介たちとの間が一気に狭まっていく。なかでも遊び人ふうの男の足は速かった。

茂吉が背後を振り返った。背後から迫る足音を耳にしたのだ。

「なにを慌ててやがる」

茂吉が、遊び人ふうの男を見て言った。背後から来るふたりの武士も目に入ったが、遊び人ふうの男に気をとられ、武士には不審を抱かなかった。ふたりの武士は、それぞれ離れていたし、走ってもいなかったからだ。ふたりの武士は市之介たちに迫ったこともあり、走らず歩いていたのだ。

遊び人ふうの男は、市之介と茂吉の脇を走り抜け、すこし離れてから足をとめた。そして、道のなかほどに立って、市之介たちに体をむけた。市之介と茂吉の目は、遊び人ふうの男にむけられている。

そのとき、市之介が背後を振り返った。背後に迫る足音を耳にしたのだ。市之介は、ふたりの武士を目にとめた。すぐ、近くまで迫っている。しかも、ふたりの武士は抜き身を手にしていたのだ。

……おれたちを襲う気だ！

市之介は、胸の内で叫んだ。

「旦那、挟み撃ちだ！」

茂吉がうわずった声で言った。前に立った遊び人ふうの男が、懐から匕首《あいくち》を取り出したのを目にしたのだ。

市之介は周囲に目をやり、近くに築地塀《ついじべい》を巡らせている武家屋敷があるのを目

にし、

「茂吉、塀を背にしろ！」

と、声をかけた。市之介は、ひとりなら前に立った町人を突破して逃げられるとみたが、その場に茂吉を残せば、三人に殺される。

市之介と茂吉は、築地塀を背にして立った。禄高三百石前後の旗本の屋敷らしい。

右手からふたりの武士が走り寄り、左手から匕首を手にした男が足早に近寄ってきた。

市之介の前に立ったのは、長身の武士だった。長い髪が、耳まで覆っている。

……こやつらだ！　高倉屋の主人と手代を襲ったのは。

市之介は、胸の内で声を上げた。

市之介は、目の前にいるふたりが、高倉屋のふたりを殺しただけでなく、糸川と佐久間を襲い、佐久間を斬殺した武士だと気付いた。糸川から、襲ったふたりの武士の人相や体軀を聞いていたのだ。

肩幅のひろいがっちりした体軀の武士は、茂吉の前に立っていたが、間合をひろく取っていた。武士の目は、茂吉ではなく市之介にむけられている。

市之介は、茂吉の前にいる武士も、長髪の武士の闘いぶりをみて、自分に切っ先をむけてくると察知した。

「先に抜け！」

長髪の武士が、市之介に声をかけた。右手を刀の柄に添え、左手で鞘の鍔元を握っている。

長髪の武士には隙がなく、身辺から異様な殺気を放っていた。

「うぬら、なにゆえ、おれたちを狙う」

市之介が抜刀体勢をとったまま訊いた。

「問答無用！」

言いざま、長髪の武士が刀を抜いた。

市之介も抜いた。そして、青眼に構えると、剣尖を長髪の武士の目線につけた。

すかさず、長髪の武士も青眼に構えたが、刀身を下げ、切っ先を市之介の臍《へそ》の辺りにむけた。武士の構えは下段にちかく、切っ先が市之介の刀身の下になっている。

……突きか！

市之介は、長髪の武士が突きにくるとみた。

下段に近い青眼の構えから、真っ向へ袈裟に斬り込むには、いったん刀を振り上げねばならないからだ。

「絡《から》め突き」

武士がくぐもった声で言った。

「絡め突きだと！」

市之介は、突きの技名だと思ったが、聞いた覚えはなかった。

そのとき、市之介の脳裏に、背後から刀で突かれて死んだ吉助のことがよぎった。吉助は、この男の手にかかったのかも知れない。

市之介と長髪の武士の間合は、およそ三間――。一足一刀の斬撃の間境の外である。

市之介は全身に気勢を漲らせ、斬撃の気配を見せて気魄で攻めた。対する武士も、下段に近い青眼に構えたまま斬撃の気配を見せている。

ふたりは三間ほどの間合をとったまま、気魄で攻め合っていたが、市之介が先《せん》をとった。長髪の武士を早く仕留めないと、茂吉が斬られるとみたのだ。

「いくぞ！」

市之介が声をかけ、青眼に構えたままジリジリと間合を狭め始めた。

対する長髪の武士は、動かなかった。気を鎮めて、市之介との間合と斬撃の気配を読んでいる。

……あと、斬撃の間境まで半間。

と、市之介が胸の内で読んだときだった。

築地塀の内側から人声が聞こえた。何人かの武士の声である。そして、市之介たちのいる場からすこし離れた所にあった長屋門の門扉があいた。姿を見せたのは、羽織袴の武士と数人の侍、若党、それに中間である。

「斬り合いだ!」

若党のひとりが叫んだ。

すると、茂吉が古い十手を振り上げ、

「こやつら、盗賊の片割れだ!」

と、大声で叫んだ。

この屋敷の主らしい年配の武士が茂吉の声を聞き、

「盗賊たちを、捕らえろ!」

と、若党たちに命じた。茂吉の手にしている十手を見て、市之介たちのことを町奉行所の者か火盗改《かとうあらため》と思ったらしい。

侍と若党は、六人いた。六人は抜身を手にしてばらばらと走り寄った。

「引け！」

長髪の武士が叫び、慌てて後じさった。そして、市之介との間があくと、抜身を手にしたまま走りだした。逃げたのである。

もうひとりの武士と遊び人ふうの男も、長髪の武士の後を追ってその場から逃げた。

市之介も若党たちも、逃げる三人を追わなかった。もっとも、三人の逃げ足が速く、追っても追いつかなかっただろう。

市之介は長屋門から姿を見せた武士に歩み寄り、頭を下げてから、

「かたじけない。御蔭で助かりました。逃げた三人は盗賊です。われらは賊のひとりを追っていたのですが、仲間がいきなり飛び出してきて、このようなことに。……御助けいただいた御恩は忘れませせぬ」

と、礼を言い、茂吉とともにその場を離れた。

武士は門前にもどり、若党や中間たちに何やら話していたが、供の者をしたがえて屋敷の門前から離れた。

第三章　囮《おとり》

1

「旦那さま、お出かけですかい」

茂吉が声をかけた。

市之介が屋敷の玄関を出ると、茂吉が走り寄ってきたのだ。

「近くまでな。糸川たちと会うことになっているのだ」

市之介は、そば屋へ行くつもりだった。

市之介は神田佐久間町《さくまちょう》にある笹川《ささがわ》というそば屋を贔屓《ひいき》にしていて、糸川たちと集って一杯やりながら話すことがあった。

「旦那、昼飯は食ったんですかい」

茂吉が訊《き》いた。

「まだだ。糸川たちと笹川でな」

「いけねえ。天下の御旗本が供もつれねえで、出歩いちゃァ笑われやすぜ。ようがす、てまえがお供いたします」

茂吉が声高に言った。

「勝手にしろ」

市之介は、茂吉の魂胆が分かっていた。そば屋で、市之介たちの御零《おこぼ》れでもあずかるつもりなのだ。

市之介が笹川の暖簾《のれん》をわけて店に入ると、小女が姿を見せ、

「糸川さまたちは、見えてますよ」

と言って、奥の小座敷に案内しようとした。

すると、茂吉が「今日は、おれもいっしょだぜ」と言って、市之介の後についてきた。

「仕方ない。茂吉もいっしょの座敷だ」

市之介が、苦笑いを浮かべて言った。

二階の座敷には、糸川と佐々野の姿があった。市之介は糸川たちに、「茂吉も

仲間にいれてくれ」と小声で言い、座敷に入った。

市之介は糸川たちの前に座したが、さすがに茂吉は市之介の脇に肩をすぼめて腰を下ろした。

市之介と茂吉が座敷に入って、いっときすると、小女と店のあるじが酒肴《しゅこう》の膳を運んできた。

「まず、一杯やってからだ」

市之介は銚子を手にして、糸川と佐々野の猪口に酒をついだ。すぐに、糸川が市之介の猪口に酒をついでくれた。糸川は市之介が猪口の酒を飲み干すのを待ってから、

「青井、薬研堀からの帰りに襲われたときのことを話してくれ」

と、銚子を手にしたまま言った。

市之介は、すでに屋敷に顔を見せた糸川にそのときの様子を話していたが、佐々野にも市之介の口から知らせるためにそう言ったらしい。

「ふたりの武士は、糸川と佐久間を襲った者らしい」

そう前置きし、市之介はそのときの様子をかいつまんで話した後、

「このまま探索をつづけると、また襲われる。おれだけでなく、糸川たちもな」

と、言い添えた。

「そうかといって、屋敷内に籠っていたのでは、きゃつらの思う壺だ」

糸川が眉を寄せて言った。

「おれたちを襲ったふたりだが、何者かな。幕臣とは思えぬ。かといって、無頼牢人ではないようだし……」

「ふたりが何者か、分からぬが、高倉屋の庄右衛門を真っ先に襲ったことからみても、此度《こたび》の御用達の件にかかわっているとみていいな」

糸川が言った。

「高倉屋の庄右衛門を殺すことで有利になるのは、松乃屋だ。かといって、松乃屋のあるじの駒蔵が、直接武士たちに会って庄右衛門殺しを依頼したとも思えぬ」

市之介は、駒蔵が自らそのような危ない橋を渡るとは思えなかったのだ。

そのとき、市之介の脇にいた茂吉が、

「ふたりの武士といっしょにいたやつかもしれねえ」

と、つぶやいた。

「遊び人ふうの男か」

市之介が茂吉に訊いた。糸川と佐々野も、茂吉に目をやっている。

「そうでさァ。あいつが、ふたりの二本差しとの繋ぎ役かもしれねえ」

「おれも、そんな気がする」

市之介が言った。

次に口をひらく者がなく、座敷が静まった。

「やつらのやり方を、逆手にとるか」

市之介が身を乗り出して言った。

「逆手とは？」

糸川が訊いた。佐々野と茂吉の目が、市之介にむけられている。

「おれたちは、事件にかかわりのありそうな場所に出かけた帰りに襲われている。糸川たちもそうだ。……また薬研堀か、高倉屋と松乃屋に出かけ、近所で聞き込みにあたるのだ。そして、和泉橋辺りで、ひとりかふたりになる」

「囮だな」

糸川が声高に言った。

「そうだ」

「敵が姿を見せたら逆に襲うのだな」

「いや、襲わずに跡を尾《つ》ける」

市之介は、襲っても生け捕りにするのはむずかしいとみた。それに、下手をすると味方の者が討たれるかもしれない。町人はともかく、ふたりの武士は腕がたつのだ。

「行き先をつきとめるのだな」

「そうだ」

「やろう。それで、だれが囮になる」

「言い出したおれがやる」

市之介が言うと、

「あっしも、旦那といっしょにやりやす」

茂吉が身を乗り出して言った。

「これで、話は決まったな」

そう言って、市之介は銚子を手にし、糸川と佐々野の猪口に酒をついでやった。

2

　翌日、市之介と茂吉は屋敷を出ると、松乃屋のある本石町二丁目にむかった。途中、和泉橋のたもとで、糸川、佐々野、それに山中宗七郎《やまなかそうしちろう》という御小人目付が待っていた。山中は、御小人目付のなかでも腕のたつことで知られた男で、敵のふたりの遣い手に後れをとらないように糸川がくわえたのだ。

　糸川たちは小袖に袴姿で、それぞれ網代笠《あじろがさ》や深編笠をかぶって顔を隠していた。幕府の目付筋の者と気付かせないため身装《みなり》を変えたのである。

　市之介は糸川たちと顔を合わせると、ちいさくうなずいただけで言葉も交わさず、和泉橋を渡り始めた。

　糸川、佐々野、山中の三人は、市之介たちからすこし間をとって尾けてきた。目立たないように、三人はそれぞれ離れて歩いている。

　市之介と茂吉は柳原通りに出ると、内神田の町筋を南にむかい、いったん奥州街道に出た。そして、本町二丁目にむかった。松乃屋へ行く前に、高倉屋の様子を見ておこうと思ったのだ。

高倉屋はこれまでと変わらず、店をひらいていた。ただ、何となく活況がなかった。出入りする客の姿もすくないようだ。主人の庄右衛門が殺されたことが、影響しているのだろう。

「すこし、客足が遠退《とおの》いたようだ」

市之介が茂吉に声をかけた。

「やっぱり、旦那が殺《や》られたのがひびいてるんでさァ」

茂吉が顔をしかめて言った。

市之介と茂吉は言葉を交わしただけで、高倉屋の前で足をとめることなく通り過ぎた。そして、いったん賑やかな中山道に出てから松乃屋にむかった。糸川たちは、間をとったまま尾けてくる。

市之介たちは本石町の二丁目まで来て、前方に松乃屋が見えると路傍に足をとめた。

「盛っているようではないか」

市之介は、店を頻繁に出入りしている客の姿を見て言った。

「高倉屋の客が流れているのかもしれやせん」

「そうだな」

松乃屋が幕府の御用達にでもなれば、さらに客足が増えるだろう、と市之介は思った。

「どうしやす」

茂吉が訊いた。

「松乃屋の近所で聞き込んでみるつもりだ。できるだけ目立つように、店先で話を訊けばいい」

「半刻（一時間）もしたら、松乃屋の脇まで来てくれ」

市之介が言った。

「承知しやした」

茂吉が声高に応えた。

市之介と茂吉は、その場で別れた。ひとりになった市之介は、松乃屋の前をゆっくりと通り過ぎ、一町ほど先にあった両替屋を目にとめた。店の脇に、「両替」と大書された掛看板が出ていた。繁盛している店らしく、商家の旦那ふうの男や武士などが頻繁に出入りしている。

市之介は両替屋の前に足をとめた。そして、店を覗き、奉公人らしい男が出てくるのを待った。外から目立つように店内に入らなかったのだ。

茂吉は、すこし離れた下駄屋の前で話を聞いている。一方、糸川たち三人は一町ほども離れた場所で、道沿いにある店屋の脇に身を隠していた。市之介と茂吉に目をやっているらしい。

市之介は店から出てきた客や手代らしい男などをつかまえ、目立つように松乃屋を指差しながら、近ごろ変わったことはないか訊いてみた。探索に役立つようなことを口にする者はいなかった。

市之介は気にしなかった。目的は、ここで聞き込みに当たっていることを松乃屋の奉公人や市之介たちを襲った三人に知らせることだったので、目立てばよかったのだ。

市之介と茂吉は、半刻ほど聞き込みをつづけ、松乃屋の脇へもどった。ふたりは、通りに目をやったが、市之介たちを襲った三人の姿はどこにもなかった。

「今日、あらわれるはずがない。……何日かつづけなければ、駄目だな」

そう言って、市之介は茂吉とふたりで、来た道を引き返した。

糸川たちは市之介と茂吉をやり過ごした後、来たときと同じように間をとってついてきた。

翌日、市之介たちは、本石町に来て昨日と同じことをやった。だが、市之介たちを襲った三人はおろか、市之介たちを尾行する者はまったくいなかった。ただ、松乃屋の奉公人らしい男が店先へ出て、市之介と茂吉に目をやっていた。松乃屋の者が、市之介と茂吉に気付いたようだ。

市之介たちが、本石町に来るようになって三日目だった。市之介が松乃屋の近くで、通りかかった町人に話を訊いているとき、松乃屋の脇から市之介を見ている男がいるのに気付いた。

……やつだ！

市之介は、胸の内で声を上げた。

市之介たちを襲った三人のなかにいた遊び人ふうの男である。男は松乃屋の脇に身を隠して、市之介に目をむけている。

市之介はその場を離れ、わざと松乃屋に顔をむけながら茂吉のそばに行き、ふたりいっしょに中山道へ足をむけた。途中、身を隠していた糸川たちは、市之介たちから二町ほども間を置いてついてきた。

市之介は来た道ではなく、中山道を北にむかった。市之介は中山道を出てしばらく歩いてから背後を振り返って見たが、遊び人ふうの男の姿はなかった。遊び人ふうの男は、中山道へ出るまで市之介を尾行していたが、やめたらしい。もっとも、遊び人ふうの男は、市之介の屋敷が下谷練塀小路にあることは知っているので、尾行して行き先をつきとめる必要はないはずだ。

翌日、市之介は和泉橋のたもとで、糸川たち三人と顔を合わせると、

「今日、襲ってくるかもしれぬ」

と、伝えた。

糸川たち三人は、顔をひきしめてうなずいた。

市之介と茂吉は、これまでと同じように松乃屋の近くまで行くと、あえて目立つように通り沿いの店の前で聞き込みを始めた。

市之介と茂吉が聞き込みを始めて小半刻（三十分）ほど過ぎたとき、市之介は松乃屋の脇に身を隠している遊び人ふうの男を目にとめた。

男は市之介たちを窺っているようだったが、いっときすると、その場から姿を消した。

……仲間に知らせにいったのだ。

市之介は、胸の内でつぶやいた。

市之介が路傍に立って松乃屋に目をやっていると、茂吉が足早に近付いてきた。

「旦那、罠にかかったようですぜ」

茂吉が目をひからせて言った。茂吉も、遊び人ふうの男を目にしていたようだ。

「よし、半刻（一時間）ほどしたら、来た道を引き返そう」

市之介たちは、遊び人ふうの男が仲間の武士に連絡する時間をとってから帰ることにしたのだ。

3

市之介たちは来たときと同じように、市之介と茂吉が先を歩き、すこし間をとって糸川たち三人がつづいた。

市之介たちが柳原通りへ入ると、

「あっしは、ここで離れやす」

茂吉がそう言い残し、足早に市之介から離れた。

茂吉は、市之介を襲った男たちが逃げたら、跡を尾けて行き先をつきとめることになっていたのだ。

ひとりになった市之介は、前方に神田川にかかる和泉橋が見えてきたところで、背後に目をやった。

市之介の跡を尾けてくる武士の姿はなかった。糸川と山中は、一町ほど間をとって歩いてくる。

市之介はひとり和泉橋を渡り、御徒町通りを北にむかった。そして、神田松永町まで来たとき、それとなく背後を振り返った。

……やつらだ！

市之介が、胸の内で声を上げた。

いつ姿をあらわしたのか、半町ほど後ろを網代笠をかぶった武士が歩いてくる。見覚えのある長身から、以前立ち合ったことのある長髪の武士であることが知れた。

その武士の後ろに、ふたりの男の姿が見えた。ひとりは網代笠をかぶった武士で、もうひとりは、遊び人ふうだった。ふたりとも、下谷練塀小路で市之介と茂吉を襲った男である。

ふたりの武士の後方に、糸川たちの姿があった。糸川たち三人は、ばらばらになったまま、通行人を装って跡を尾けている。

茂吉はどこかに身を隠しながら尾けているらしく、姿が見えなかった。

市之介は松永町まで来ると、左手にまがった。そこは、青井家の屋敷へつづく通りである。

背後から来る三人も、左手に折れた。そして、足を速め、市之介との間をつめてきた。

市之介は下谷練塀小路まで来ると、それとなく背後を振り返った。三人は足を速めたらしく、背後に迫っていた。

三人の後方にいる糸川たちも足を速めたらしく、三人の男との間が狭まっていた。市之介の背後にいる三人は、前にいる市之介に気をとられ、背後から来る糸川たちには気付いていないようだ。

市之介は通り沿いにある武家屋敷の前まで来ると、足をとめた。そして、築地塀を背にして立った。三人の男を、糸川たちと挟み討ちにするのだ。

背後の三人が、走り寄った。やはり、以前市之介たちを襲った三人である。その三人の背後にいる糸川たちも足を速めた。

市之介の前に立ったのは、以前立ち合った長髪の武士だった。網代笠の下に長髪が見えた。もうひとりの、がっちりした体軀《たいく》の武士は、市之介の左手にまわり込んできた。遊び人ふうの男はふたりの武士から離れ、路傍に立っている。この場の闘いは、ふたりの武士にまかせるつもりなのだろう。

長髪の武士はかぶっていた網代笠をとると、路傍に投げ捨てた。剣を遣うのに邪魔なのだろう。

もうひとりの武士は、網代笠をかぶったまま、右手で刀の柄を握って抜刀体勢をとっている。

市之介は右手を刀の柄に添えたまま、

「かかったな」

と、長髪の武士を見すえて言った。

「なに！」

武士が驚いたような顔をした。

そのとき、走り寄る足音がした。糸川、佐々野、山中の三人である。

「だ、旦那、糸川たちだ！」

遊び人ふうの男が、声を上げた。糸川の名を知っているようだ。

長髪の武士は、戸惑うような顔をした。味方の武士はふたり、敵は四人である。

しかも、市之介と糸川は、腕がたつことは知っている。

「引け！」

がっちりした体軀の武士が声を上げ、市之介から身を引いた。

「勝負、あずけた！」

長髪の武士は言いざま、反転した。そして、糸川たちに背をむけて走りだした。逃げたのである。これを見た網代笠をかぶった武士と遊び人ふうの男が、長髪の武士の後を追って走った。

「待て！」

糸川が声を上げ、逃げていく三人の後を追ったが、すぐに足がとまった。

市之介と糸川たちはその場に立ったまま、逃げていく三人の背に目をやっている。その三人の姿が通りの先にちいさくなったときだった。武家屋敷の板塀の陰から、ひとりの男が通りに出て、三人の男の跡を尾け始めた。茂吉である。茂吉は、武家屋敷の塀の陰や通りかかった供連れの武士の背後にまわったりして、巧みに三人の跡を尾けていく。

「うまく、罠にかかったな」

糸川が、茂吉の背に目をやりながら言った。

「後は、茂吉にまかせればいい。どうだ、おれの屋敷に寄らないか」

市之介が、糸川たちに言った。

「い、いや、この近くで待つ」

糸川が、声をつまらせて言った。ここで、茂吉がもどるのを待つつもりなのだ。

「茂吉は、おれの屋敷にもどるはずだ」

そう言って、市之介は糸川たち三人を屋敷へ連れていった。

4

市之介、糸川、佐々野、山中の四人は、青井家の庭に面した座敷で茂吉がもどるのを待っていた。おみつとつるは、四人に茶を淹《い》れた後、奥にもどっている。男たちのいる座敷は、茶飲み話をするような雰囲気ではなかったからだ。

市之介たちが座敷に腰を落ち着けて、だいぶ時が過ぎた。陽は西の家並のむこうに沈み、庭木の陰には淡い夕闇が忍び寄っている。

「茂吉は、まだか」

市之介が、そうつぶやいたときだった。

玄関から庭へまわる足音がした。聞き覚えのある茂吉の足音である。

「茂吉らしい」

市之介は立ち上がって、障子をあけた。

茂吉が足早に縁側に近付いてくる。市之介が縁側に出ると、糸川たち三人も後につづいた。

茂吉は縁側のそばに来て、

「ひとりだけ、塒《ねぐら》が知れやしたぜ」

と、声高に言った。

「だれの塒だ」

市之介が訊いた。

「名は、弥三郎《やさぶろう》。遊び人のようでさァ」

茂吉によると、三人の男の跡を尾けたが、和泉橋を渡った先で分かれたので、遊び人ふうの男の跡を尾けたという。

男は柳原通りから、豊島町《としまちょう》に入り、豊島町三丁目にある長兵衛店《ちょうべえだな》という長屋に入ったそうだ。

「ひとり暮らしか」

「女といっしょのようですがね。女房なのか、うぶな娘を騙して連れ込んだのか、分からねえ」

「女が仲間でなければ、どうでもいい。……弥三郎という男を捕らえて、話を聞けば仲間の武士や松乃屋のことも知れるのではないか」

市之介が、糸川たちに目をやって言った。

「これから行くか。豊島町なら、そう遠くない」

糸川は意気込んでいた。

「いや、明日にしよう。これからだと暗くなる。下手をすると逃げられるからな」

市之介が庭に目をやって言った。こうして話している間にも、庭の樹陰の夕闇が濃くなったように感じられる。

「明日にするか」

糸川も、庭の夕闇を見て今日は無理だと思ったようだ。

市之介たちは、その場で相談し、明朝、豊島町に行って弥三郎を捕らえることにした。

翌朝、市之介はふだんより早く起き、朝餉《あさげ》もとらずに玄関先で待っていた茂吉とふたりで、和泉橋にむかった。いつものように、橋のたもとで糸川たちと待ち合わせることにしてあったのだ。

和泉橋のたもとに、佐々野と山中の姿があったが、糸川はまだだった。市之介たちが橋のたもとに着いていっときすると、糸川が慌てた様子でやってきた。

「すまん、後れてしまった」

糸川が苦笑いを浮かべて、朝寝坊したことを言い添えた。

「糸川、早く嫁をもらうんだな」

市之介が、茶化すように言った。

市之介たち五人は和泉橋を渡り、柳原通りを東にむかった。そして、新シ橋の近くまで来たとき、

「こっちでさァ」

と茂吉が言って、右手の通りに入った。その辺りは、豊島町一丁目である。

表通りをいっとき歩くと、通り沿いに家並がひろがっていた。右手の地が、豊島町三丁目である。茂吉は通り沿いにある下駄屋を指差し、

「下駄屋の脇の路地を入った先でさァ」

と、振り返って市之介たちに言った。

そこは細い路地だが、ぽつぽつと人影があった。職人ふうの男やぼてふり、そ

れに子供連れの女の姿もあった。

路地に入って一町ほど歩くと、先にたっていた茂吉が路傍に足をとめ、

「そこの長屋が、長兵衛店で」

と言って、路地木戸を指差した。その木戸の先に、棟割り長屋が二棟並んでいた。

「相手は、弥三郎ひとりだ。五人もで行くことはないな」

糸川が言って、その場で二手に分かれた。

市之介、糸川、茂吉の三人が長屋に入って、弥三郎を捕らえることになった。佐々野と山中は、念のため路地木戸の脇に待機し、弥三郎が飛び出してきたら押さえるのである。

「行きやすぜ」

茂吉が先にたち、市之介たちは路地木戸をくぐった。

路地木戸の先に、井戸があった。その左手に、棟割り長屋が二棟ならんでいる。井戸端で、長屋の女房らしい年増が手桶に水を汲んでいた。

年増は怯えるような顔をして、路地木戸から入ってきた市之介たち三人に目をむけている。いきなり、見知らぬ武士がふたり、長屋に入ってきたからだろう。

市之介と糸川は女房にかまわず、茂吉につづいて手前の棟の角まで来た。そこで、茂吉は足をとめ、手前の棟を覗くように見て、

「三つ目が、弥三郎の家でさァ」

と、指差して言った。

近くの家から、子供や母親らしい女の声が聞こえた。男の声は、すくなかった。亭主の多くは働きに出て留守なのだろう。

「いくぞ」

市之介が糸川と茂吉に声をかけ、足音を忍ばせて、三つ目の家の戸口に近付いた。

市之介は腰高障子に身を寄せ、障子の破れ目からなかを覗いてみた。土間の先の座敷に、人影があった。なかは薄暗かったが、男と女であることが知れた。男は見覚えのある顔である。弥三郎だ。弥三郎は座敷のなかほどに胡座《あぐら》をかき、湯飲みで膝先にある貧乏徳利の酒を飲んでいた。

女は、ほっそりした年増だった。弥三郎の脇に座して、何やら話している。

市之介は糸川と茂吉に目で合図して、腰高障子をあけた。

5

「てめえたちは！」

弥三郎は、土間に踏み込んできた市之介たち三人を見るなり、声を上げた。女は驚いたような顔をして、いきなり入ってきた市之介たちを見ている。

「弥三郎、神妙にしろ！」

茂吉が古い十手を取り出して、弥三郎にむけた。

女は茂吉の十手を見て、町方と思ったらしく、

「お、おまえさん、何したんだい」

と、蒼ざめた顔をして訊いた。声が震えている。

「こいつら、町方じゃァねえ！」

そう叫ぶと、弥三郎は手にした湯飲みを市之介たちに投げ付けて立ち上がり、座敷の奥の神棚に手を伸ばした。匕首《あいくち》を摑んでいる。

市之介は抜刀し、刀身を峰に返して座敷に踏み込んだ。つづいて、糸川も座敷に上がった。糸川は刀を抜かなかった。

ヒイイッ、と女がひき攣《つ》ったような声を上げ、這って座敷の隅に逃れた。

弥三郎は手にした匕首を抜いて、身構えようとした。

そこへ、市之介が踏み込み、

「遅い！」

と、声を上げざま、刀身を横に一閃《いっせん》させた。素早い太刀《たち》捌《さば》きである。

ドスッ、という肌を打つ鈍い音がし、市之介の刀身が弥三郎の腹に食い込んだ。

峰打ちである。

弥三郎は苦しげな呻《うめ》き声を上げ、腹を押さえてうずくまった。

「動くな！」

市之介が、切っ先を弥三郎の喉元にむけた。

すると、土間にいた茂吉が座敷に上がり、懐から細引を取り出した。弥三郎を縛るために用意したらしい。

糸川は、座敷の隅で蹲《うずくま》っている女のそばに近付き、

「痛い目をみたくなかったら、おとなしくしていろ」

と、声をかけた。

女は身を顫《ふる》わせ、恐怖にひき攣ったような顔をして糸川を見つめている。

茂吉は弥三郎に縄をかけると、

「女はどうしやす」

と、糸川に訊いた。

「何か訊くことがあるかもしれぬ。猿轡《さるぐつわ》をかましておく」

そう言って、糸川が女に猿轡をかました。

「茂吉、すまぬが、路地にいる佐々野と山中を連れてきてくれ」

市之介が言った。佐々野たちも、弥三郎から何か訊くことがあるかもしれないと思ったのだ。

「承知しやした」

茂吉は、すぐに腰高障子をあけて外に出た。

市之介は、茂吉が佐々野と山中を連れてくるのを待ってから、後ろ手に縛られている弥三郎の前に立った。

弥三郎は苦しげに顔をしかめ、身を顫わせている。

「弥三郎、ふたりの武士といっしょに動いているようだが、ふたりは何者だ」

市之介が、弥三郎を見すえて訊いた。

「し、知らねえ」

弥三郎は、声をつまらせて言った。

「痛い目に遭わぬと、しゃべる気にならぬか」

そう言って、市之介は手にした刀の切っ先を弥三郎の頰に当てて、すこしだけ引いた。

一瞬、弥三郎は首をすくめた。頰に赤い筋がはしり、血がぷつぷつと噴き、細い筋を引いて流れ落ちた。

「いっしょにいた武士の名は」

市之介が、語気を強くして訊いた。

「……！」

弥三郎は、答えなかった。目を剝いたまま体を顫わせている。

「次は、耳を切り落とす」

市之介は、切っ先を弥三郎の左耳に当てた。そして、「喋らなければ、耳の次は鼻を削ぎ落とす」と言って、すこしだけ切っ先を引いた。耳からの出血が、顎の辺りに赤い筋を引いて流れた。

「は、話す！　話す」

と、弥三郎が声を上げた。

「初めからそうすれば、痛い思いをせずに済んだのに」

市之介は刀を下ろすと、

「いっしょにいた武士の名は」

と、同じことを訊いた。

「か、片桐平次郎《かたぎりへいじろう》さま……」

弥三郎によると、長髪の武士が片桐だという。

「もうひとりは」

「平塚洋之助《ひらつかようのすけ》さまでさァ」

「ふたりは、牢人か」

「ふたりとも、御家人の次男と聞きやした。平塚の旦那は屋敷を出て、いまは借家暮らしのようで」

「その借家は、どこにある」

市之介は居所が分かれば、捕らえるなり、討ち取るなりできるとみた。

「平塚の旦那は、堀江町《ほりえちょう》と聞きやしたが、いるかどうか……」

弥三郎が、語尾を濁した。

「いないのか」

「ちかいうちに、塒を出ると聞きやしたんで」

「堀江町を出て、どこへ行くのだ」

「聞いてねえ」

「いまは、堀江町にいるのだな」

市之介が念を押すように訊いた。

「いるはずでさァ」

「堀江の塒はどこだ」

堀江町は内堀沿いにひろがっている。一丁目から四丁目まであり、堀江町というだけでは探すのが難しい。

「三丁目と聞きやしたが、行ったことがねえんで……」

「片桐は」

「富沢町《とみざわちょう》と聞いてやすが、どこか分からねえ」

富沢町は、浜町堀沿いにひろがっている。ひろい町で、町名が分かっただけでは、突き止められないだろう。

「弥三郎、おまえは片桐や平塚の繋ぎ役もしてるはずだぞ。塒を知らないはずはあるまい」

市之介が語気を強くして言った。

「あっしは、繋ぎ役じゃァねえ」

弥三郎が声を大きくして言った。

「それでは、片桐と平塚に連絡をとっているのは、だれだ」

「寅次郎の兄いが、ふたりと会ってやす」

弥三郎が、寅次郎の名を出したとき、市之介のそばでふたりのやり取りを聞いていた茂吉が、

「松乃屋の次男か！」

と、声を上げた。

市之介は、松乃屋の次男の寅次郎が、庄右衛門を殺したふたりの武士とつながっていることを確信した。

座敷にいた糸川たちも、弥三郎に目をむけている。

「そ、そうで……」

弥三郎が声をつまらせて言った。

「ところで、片桐と平塚は、腕がたつようだが、どこかの道場にでも通っていたのか」

市之介が訊いた。

「平塚の旦那は、剣術道場に通っていたそうでさァ。……くわしいことは知らねえが、片桐の旦那は道場で寝泊まりしていると聞いた覚えがありやす」

「なに、道場に寝泊まりしているだと……」

平塚は道場主か、食客のような立場の男かもしれない、と市之介は思った。

「平塚と片桐の腕がたつのは、剣術道場で修行したせいか」

糸川が、つぶやくような声で言った。

6

市之介は弥三郎を見すえ、

「ところで、寅次郎と、どこで知り合ったのだ」

と、訊いた。寅次郎は、此度の事件の首謀者のひとりではないか、と市之介はみていたのだ。

「兄いと知り合ったのは、賭場でさァ」

弥三郎によると、馬喰町《ばくろちょう》にあったやくざの親分の賭場で、寅次郎と知り合ったという。弥三郎が、寅次郎を兄いと呼んだことからみて、弟分とみていいだろう。

「寅次郎とは、いまも会っているのだな」

　市之介が訊いた。

「へい、堀江町の飲屋で」

　弥三郎によると、堀江町二丁目に寅次郎の情婦の住む借家があり、その近くにある縄暖簾を出した飲屋で会うことが多いという。また、寅次郎は情婦の借家に寝泊まりすることもあるそうだ。

「その飲屋に、目印になるような物はあるか」

　市之介が訊いた。飲屋だけでは、探すのが難しい。

「店先に、赤提灯がぶら下がっていやす。その看板に、さけとだけ大きく書いてありやすから、見ればすぐに分かりまさァ」

「情婦がいるのは、飲屋の近くにある借家だな」

　市之介が念を押すように言った。それだけ聞けば、何とかつきとめられるとみた。

　市之介が口をつぐんだとき、

「ところで、寅次郎は片桐たちとどこで知り合ったのだ」

と、糸川が訊いた。

「あっしと同じ、馬喰町の賭場でさァ。片桐の旦那が、博奕好きでよく顔を見せてやした。寅次郎の兄いは、賭場で片桐の旦那に金を貸してやったり、帰りに一杯やったりしてつながったんでさァ」

「すると、寅次郎の頼みで、片桐たちは動いているのだな」

糸川が語気を強くして訊いた。

「それもありやすが、片桐の旦那たちには、たんまり金が渡されているようでさァ」

「その金は、松乃屋から出たのではないか」

さらに、糸川が訊いた。

「そうかもしれねえ。……あっしは、金がどこから出てるか知らねえ」

「うむ……」

糸川は、弥三郎の前から身を引いた。

次に口をひらく者がなく、座敷が静まったとき、それまで黙って聞いていた佐々野が、

「おれも、訊いていいですか」

そう言って、市之介と糸川に目をやった。

「訊いてくれ」

すぐに、糸川が言った。

「幕府の御用達の話を聞いているな」

佐々野が、弥三郎に訊いた。

「寅次郎の兄いと片桐の旦那たちで、話しているのを聞いたことがありやすが、あっしにはかかわりがねえんで、聞き流していやした」

「そうか」

佐々野はすぐに身を引いた。弥三郎に、御用達の話を訊いても無駄だと思ったようだ。

それで、市之介たちは弥三郎の訊問を終えたが、念のため女からも話を訊いてみた。女の名は、おまさ。ふだん一膳めし屋で手伝いをしているという。

おまさは弥三郎から聞いていたらしく、片桐や寅次郎の名は覚えていたが、事件にかかわるようなことは知らなかった。

市之介たちは、弥三郎とおまさを神田相生町《あいおいちょう》にある佐々野家の屋敷に連れていった。佐々野家には、古い納屋があった。市之介たちは、捕らえた下手人を吟味したり監禁したりするとき、その納屋を利用していた。事件の片が付けば、おまさは放免し、弥三郎は町方に引き渡すことになるだろう。

翌日、市之介たち五人は、堀江町二丁目にむかった。まず、寅次郎の情婦の住む借家をつきとめるため、店先に赤提灯のぶら下がった飲屋を探すつもりだった。その飲屋の近くに、寅次郎の情婦の住む借家があるという。

堀江町は、日本橋川につながっている入堀沿いに、一丁目から四丁目までつづいている。市之介たちは日本橋の町筋を南にむかい、入堀沿いの通りに出た。そこは、一丁目である。

「確か、二丁目は橋の先だったな」

市之介が言った。入堀に小橋がかかっていた。

市之介たちは、橋のたもとを過ぎると、堀沿いの道につづく家並に目をやった。店先に赤提灯の下がっている飲屋を探したのである。

「あそこに、赤提灯の下がった店がありやすぜ」

茂吉が前方を指差して言った。

赤提灯に大きく、「さけ」とだけ書いてあった。店先に縄暖簾が出ている。

「あの店だな」

市之介たちは、飲屋に近付いた。入口の腰高障子はしまっている。

市之介たちは、飲屋の前まで行ってみた。店のなかは、ひっそりとしていた。まだ、客はいないらしい。

「縄暖簾が出ているから、店はひらいているはずだ」

糸川が言った。

「入ってみるか」

市之介はそう言ったが、五人もで入ることはないと思い、「佐々野たちは、近所で聞き込んでみてくれ。おれと糸川とで、店の者に話を訊いてみる」と声をかけた。

「承知しました」

佐々野は、山中と茂吉を連れてその場を離れた。

市之介と糸川は、腰高障子をあけて店に入った。

店のなかには、だれもいなかった。土間に飯台が置かれ、まわりに腰掛け代わりの空樽が並んでいる。

ただ、店の右手にある板戸のむこうから水を使う音が聞こえた。店の者が、台所で洗い物でもしているらしい。

7

「だれかいないか」

市之介が声をかけた。

すると、水を使う音がやみ、板戸があいて、浅黒い顔をした四十がらみと思われる親爺が姿を見せた。親爺は濡れた手を前垂れで拭きながら、

「いらっしゃい」

愛想笑いを浮かべて、市之介たちに声をかけた。

「ちと、訊きたいことがあってな。手間をとらせぬ」

市之介が言った。

すると、親爺の愛想笑いが消え、

「なんです」

と、無愛想な顔で訊いた。客ではないと分かったからだろう。

「この店に、寅次郎という男が飲みにくると聞いたのだがな」

市之介は寅次郎の名を出して訊いた。

「来やすよ。近ごろは、姿を見せねえようだが……」

「武士といっしょのことはなかったか」

「いっしょに来たことが、あるかもしれねえ」

親爺は、首をかしげた。記憶がはっきりしないらしい。

「話はちがうが、この近くに借家があると聞いたのだがな」

市之介は、別のことを訊いた。

「ありやすよ」

「どこにある」

「前の通りを、一町ほど行くと船寄がありやす。その前の路地を入《へえ》った先でさア」

親爺はそう言うと、台所にもどりたいような素振りを見せた。いつまでも、油を売っているわけにはいかないと思ったのだろう。

「その借家に、女がひとりで住んでいないか」

さらに、市之介が訊いた。

「妾《めかけ》の住んでる家がありやす」

親爺によると、借家は三棟あり、その手前の家に女が囲われているという。

市之介は、これだけ聞けば十分だと思い、

「手間を取らせたな」

と、親爺に声をかけ、糸川とふたりで飲屋から出た。

まだ、佐々野たちの姿はなかった。市之介と糸川は、堀際に立って佐々野たちがもどるのを待った。

いっときすると、佐々野たち三人がもどってきた。

「どうだ、何か知れたか」

市之介が訊いた。

「この先に、女の囲われている借家があるそうです」

佐々野が、市之介たちに身を寄せて言った。

「そのことは、おれたちも聞いた」

市之介が、その場に集った男たちに目をやって言った。

「その借家に行ってみるか。女から寅次郎のことが聞けるかもしれない」

と、糸川が口を挟んだ。

「行ってみよう」

市之介たちが内堀沿いの道を一町ほど歩くと、船寄があった。その船寄の向かいに、路地がある。

その路地は小料理屋らしい店の脇にあり、人通りはすくなかった。土地の住人らしい者が、歩いているだけである。それでも、路地沿いには、八百屋、煮染屋、下駄屋など暮らしに必要な物を売る店があった。

「路地に入ってみよう」

市之介が先にたった。

茂吉が背後についたが、糸川たちはすこし間をとって歩いた。武士が、四人もでまとまって歩くと人目を引くからだ。

一町ほど歩くと、市之介の背後にいた茂吉が、

「旦那、あの家ですぜ」

と言って、路地の先にある仕舞屋《しもたや》を指差した。小体な家だが、板塀で囲われていた。同じ造りの家が、三棟並んでいる。

先にたった市之介と茂吉は、通行人を装って借家に近付いた。糸川たちは、すこし間をおいてついてくる。

「女の家は、手前らしい」

市之介が、つぶやくような声で言った。

借家の戸口の板戸は、しまっていた。市之介は戸口の前まで来ると、歩調を緩めて聞き耳をたてた。

家のなかから、かすかな足音が聞こえた。床板を踏むような音である。人声は聞こえなかった。家のなかにいるのは、女だけかもしれない。

市之介は三軒並んでいる借家の前を通り過ぎ、さらに半町ほど歩いてから路傍に足をとめた。

そして、茂吉と後続の糸川たちが近付くのを待った。市之介は四人が集まるのを待って、

「家に、だれかいたようだ」

と、小声で言った。

「囲われている女にちげえねえ」

すぐに、茂吉が言い添えた。

「女を取り抑えて話を訊くのも手だが、寅次郎に知れると、借家に近寄らなくなるだろうな」

市之介は、このまま様子をみた方がいいと思い、糸川たちに話すと、その場に

いた男たちもうなずいた。

「屋敷に帰るのは、早いな」

市之介は頭上を見上げた。まだ、陽は高かった。

「どうだ、せっかくここまで来たのだ。三丁目まで足を伸ばして、平塚の塒を探してみないか」

市之介が言った。弥三郎から、平塚の塒は堀江町三丁目にある借家だと聞いていたのだ。

「そうしよう」

すぐに、糸川が言った。

8

市之介たちは、入堀沿いの通りを南にむかった。そして、三丁目まで来ると、船寄の岸際に集った。市之介たちは半刻（一時間）ほど手分けして平塚の住む借家を探し、またこの場に集まることにして分かれた。

市之介は茂吉とふたりで入堀沿いの通りを歩いたが、料理屋、そば屋、一膳めし屋などの飲み食いできる店ばかり目につき、借家はありそうもなかった。

「旦那、訊いた方が早《はえ》えや」

茂吉がそう言って、通りの先に目をやった。

「あそこに、桟橋がありやす。あっしが、船頭に訊いてきやすよ」

茂吉は市之介をその場に残し、ひとりで桟橋にむかった。

市之介は、岸際に立って茂吉に目をやっていた。茂吉は桟橋の前まで行くと、短い石段を下りて桟橋に舫《もや》ってある猪牙舟《ちょきぶね》に近付いた。

猪牙舟には船頭がひとり乗っていて、船底に何か敷いていた。おそらく茣蓙《ござ》だろう。客を乗せる準備をしているようだ。

茂吉は何やら船頭と話していたが、猪牙舟から離れて石段を上がると、小走りに市之介のそばにもどってきた。

「どうだ、平塚の情婦《いろ》の塒は知れたか」

すぐに、市之介が訊いた。

「知れやしたぜ。ここから、二町ほど先に、八百屋がありやしてね。その脇の路地を入《へえ》ると、すぐに借家があるそうでさァ」

「行ってみよう」

市之介たちは、すぐにその場を離れた。

二町ほど歩くと、八百屋があった。店の脇に路地の入口がある。

市之介たちは足を速めた。八百屋の脇まで行って路地を覗くと、借家らしい建物が見えた。三棟並んでいる。

「糸川の旦那ですぜ」

茂吉が、路地の先を指差して言った。

見ると、路傍で枝葉を茂らせている樫の樹陰に糸川の姿があった。借家の方に目をやっている。

市之介と茂吉は、路地を足早に歩いた。そして、樫に近付くと、糸川が市之介たちに気付いて手招きした。

市之介たちが樹陰に近付くと、

「いま、佐々野が様子を見にいっている」

糸川が、借家に目をやりながら言った。

糸川によると、近くで佐々野と顔を合わせ、ここまでいっしょに来たそうだ。

「佐々野の旦那だ！」

茂吉が声を上げた。

見ると、佐々野が足早にもどってくる。

佐々野は樫の樹陰に来ると、

「平塚の隠れ家を見てきましたが、だれもいないようです」

と、市之介たちに目をやって言った。

「留守か」

糸川が肩を落とした。

「平塚は弥三郎がおれたちに捕らえられたことを知って、身を隠したのかもしれんぞ」

市之介が言うと、糸川がうなずいた。

市之介たちが樹陰から出ると、路地の先に山中の姿が見えた。こちらにむかって、足早にやってくる。どうやら、山中もこの先に平塚の隠れ家があると知って、様子を見に来たらしい。

市之介たちは路地に出て、山中と顔を合わせた。

「平塚の隠れ家は、この先だ」

そう糸川は言った後、「隠れ家の借家を見てきたが、留守のようだ」と言い添えた。

山中は、残念そうな顔をしただけで何も言わなかった。

市之介たち五人は、路地を出て入堀沿いの通りに出た。

「どうする」

糸川が市之介に訊いた。

市之介は西の空に目をやり、まだ日没までには間があるとみて、

「どうだ、富沢町にまわってみないか」

と、その場にいる男たちに言った。

「片桐の塒を探すのだな」

「富沢町はひろいが、弥三郎の話だと、片桐は道場で寝泊まりしていたらしい。剣術道場を探せば、片桐の居所が知れるかもしれんぞ」

「剣術道場なら、すぐつかめるはずだ」

糸川も乗り気になった。

市之介たちは、入堀にかかる橋を渡り、対岸にひろがる新材木町《しんざいもくちょう》へ出た。そして、表通りを東にむかった。しばらく歩くと、富沢町に入ったが、そのまま東にむかって浜町堀まで来た。そこは、浜町堀にかかる栄《さかえ》橋のたもとだった。富沢町は栄橋の左右にひろがっている。

「まず、剣術道場を探そう。陽が沈む前にここへもどってくれ」

糸川がそう言い、橋のたもとで分かれた。

「茂吉、いくか」

市之介が声をかけた。

「へい、お供しやす」

茂吉が、市之介の後についてきた。

市之介と茂吉は、栄橋のたもとから浜町堀沿いの道を南にむかった。そして、通り沿いで目についた下駄屋に立ち寄り、店先にいた親爺に、

「この近くに剣術道場はないか」

と、訊いてみた。

「剣術道場ですかい」

親爺は、いっとき記憶をたどるような顔をしていたが、

「笹嘉《ささよし》ってえそば屋の近くにありやしたが、つぶれたと聞きやした」

と言って、首をかしげた。はっきりしないのだろう。

「笹嘉はどこにある」

市之介は、つぶれた剣術道場を見てみようと思った。

「この先をしばらく歩くと、道沿いにありやす。二階建ての大きな店なので、すぐに分かりやす」

「そうか。……手間をとらせたな」

市之介は、親爺に礼を言ってその場を離れた。

9

市之介と茂吉は、掘割沿いの道を歩いた。そして、しばらく歩くと、

「旦那、あれが笹嘉かもしれねえ」

そう言って、茂吉が通りの先を指差した。

二階建ての大きな店だった。市之介たちが近くまで行って、通りかかったぼてふりを呼び止めて訊くと、笹嘉とのことだった。

「剣術道場は、この近くにあると聞いたが、それらしい建物はないな」

「向こうからくるお侍に、聞いてみやしょう」

茂吉が、小走りに通りの先にむかった。ふたり連れの若侍が、何やら話しながら歩いてくる。

茂吉はふたりの若侍のそばに近付いて声をかけ、話しながら歩いてきた。いっときすると、茂吉はふたりに頭を下げてから市之介のそばにもどってきた。ふたりは、茂吉と市之介に目をむけながら、通り過ぎていく。

ふたりの若侍が遠ざかると、

「この先二町ほど歩くと、右手に入《へえ》る道がありやしてね。その道沿いに、剣術道場はあるそうでさァ」

茂吉が言った。

「行ってみよう」

市之介と茂吉は、ふたり連れの若侍に教えられたとおり行ってみた。

右手に入る道に入ってすぐ、

「旦那、あれですぜ」

と、茂吉が言って、道沿いにある建物を指差した。

すぐに、剣術道場と知れる造りだった。建物の脇は板壁になっていて武者窓があった。ひどく荒れていて、板壁は所々剝げて落ちている。正面の庇《ひさし》は、朽ちて垂れ下がっていた。

「稽古は、久しくしてないようだ」

市之介がつぶやいた。道場から、人声も稽古の音も聞こえなかった。ひっそりと静まっている。

「近くまで行ってみるか」

市之介と茂吉は、道場に足をむけた。

道場の表戸はしまっていた。道場内には、だれもいないらしくひっそりとしていた。

「道場はしまったままのようだ」

市之介が茂吉に言った。

「近所で様子を訊いてみやすか」

茂吉は通りの先に目をやった。半町ほど先に、石屋があった。石工《いしく》が、金槌で石をたたいている。石灯籠を造っているらしい。

市之介が石工に近付き、

「ちと、訊きたいことがある」

声を大きくして言った。大声でないと石を打つ音で、聞こえないと思ったのである。

石工は石をたたくのをやめ、

「なんです」

と、大声で訊いた。

「この先に、道場があるな」

市之介が道場を指差して言った。

「ありやす」

「稽古はしてないようだが、門をとじたのか」

「へい、三年ほど前から稽古をやめたようで」

「道場主を知っているか」

「崎島弥《さきしまや》五郎《ごろう》さまでさァ」

「一刀流か」

市之介は、崎島弥五郎という名を聞いたことがあった。一刀流の遣い手という噂だった。どうやら、ここで道場をひらいていたらしい。

「片桐平次郎という男を知らないか」

市之介が、片桐の名を出して訊いた。

「片桐さまなら、道場の師範代でさァ。いまはいねえようだが、道場が新しくなったら、また門弟たちに指南すると、聞いたことがありやすぜ」

「道場を建て直すのか」

「そう聞いてやす。……あのぼろ道場じゃァ、まともな稽古はできませんや」

「ところで、いま、片桐はどこにいるか知らないか」

市之介は、片桐の居所が知りたかったのだ。

「近所に住んでると聞きやしたが、どこか知りやせん」

「そうか」

市之介は、道場の近くを探せば、片桐の塒がつかめるかもしれないと思った。

第四章　剣術道場

1

「兄上、お茶をどうぞ」

おみつが、恥ずかしそうな顔をして糸川に茶を出した。

庭に面した座敷に、市之介、糸川、佐々野、おみつ、つるの五人がいた。

糸川は市之介と今後どう探索をつづけるか、相談するために佐々野を連れて青井家に姿を見せたのだ。

おみつは、佐々野と糸川に茶を出した後、市之介の膝先にも湯飲みを置いた。

「佐々野どの、佳乃は元気ですか」

つるが訊《き》いた。佳乃はつるの子だったが、佐々野に嫁いでいたのだ。

「はい、よくやってくれるので、両親も喜んでいます」

佐々野が、照れたような顔をした。

「佳乃も、連れてくればよかったのに」

つるが小声で言った。

するると、市之介は脇に座しているつるに目をやり、

「母上、糸川と佐々野は、大事な用事があってみえたのです。佳乃を連れてくるわけにはいかないのです」

と、窘《たしな》めるように言った。

「市之介も、大事な仕事があるのかい」

「あります。伯父上より、此度《こたび》の件は幕府の屋台骨を揺るがすような大事件なので、三人で力を合わせて取り組むよう強く言われているのです」

市之介が、いかめしい顔をして言った。

「まァ、そんな大事件なのかい」

つるが、驚いたような顔をした。

おみつは、戸惑うような顔をして市之介とつるを見ていた。糸川と佐々野は口を挟まず、黙したまま視線を膝先に落としている。

「それで、今日は糸川と佐々野に来てもらったのです」

市之介は事件の相談をするため、糸川たちに屋敷に来てもらったのは事実である。

「おみつ、邪魔をしないように、奥へいきましょうか」

つるが、おみつに顔をむけて言った。

「は、はい」

おみつは、慌てた様子で立ち上がり、つるといっしょに座敷を後にした。

ふたりの女が座敷を出ていくと、

「ふたりとも、暇でな。いい話し相手がきたと思っているのだ」

市之介が、苦笑いを浮かべて言った。

「おれの母親も、同じだよ」

糸川は、そう言ったが、

「今度来るときは、佳乃も連れてきます」

佐々野は、真面目な顔をして言った。

市之介はいっとき間を置いてから、

「それで、どうする。このままだと、いつ平塚や片桐たちに襲われるか分からないぞ。それに、寅次郎も押さえたい」

平塚と片桐は、これからも探索にあたっている糸川たち目付筋の者を襲う、と市之介はみていた。当然、市之介も狙われるだろう。

「ともかく、富沢町にある道場の近くを探ってみないか。おれは、片桐だけでなく、平塚の居所も知れるような気がするのだ」

糸川が言った。

「片桐は道場の近くに住んでいるかしれん」

市之介は、道場主の崎島弥五郎がどこで何をしているかも知りたかった。

「これから、富沢町に行ってみよう」

市之介が立ち上がった。

市之介たち三人は、おみつとつるに見送られて屋敷を出た。むかった先は富沢町である。三人は和泉橋を渡り、内神田の道筋を南にむかって浜町堀沿いの通りに出た。しばらく歩くと、前方に栄橋が見えてきた。この辺りから通りの右手に、富沢町の家並がひろがっている。

市之介たちは、まず崎島道場まで行ってみることにした。そば屋の笹嘉の前を通り、二町ほど歩いてから右手の道に入った。

「あれが、崎島道場だ」

市之介が、道沿いにある道場を指差して言った。

「行ってみよう」

市之介が、先にたって道場にむかった。糸川と佐々野も、後ろからついてきた。

一昨日、市之介が来たときと変わらなかった。道場の表戸はしまったままで、ひっそりと静まっている。

「だれもいないようだ」

市之介が言うと、糸川たちがうなずいた。

「だれかに、話が聞けるといいんだがな」

市之介が付近に目をやったが、話の聞けそうな店も家もなかった。

「向こうから、ふたり連れの武士が来ますよ」

佐々野が通りの先を指差して言った。

見ると、武士がふたりこちらに歩いてくる。小袖に袴姿で、二刀を帯びていた。若侍らしい。ふたりは、何やら話しながら、市之介たちのいる方に歩いてくる。

「あのふたりに、訊いてみよう」

市之介たちは、ふたりの武士が近付くのを待った。

ふたりの武士は近付くと、立っている市之介たちを目にし、ちいさく頭を下げてから道の脇に身を寄せて通り過ぎようとした。

「しばし、しばし」

市之介が声をかけた。

すると、ふたりの武士は足をとめ、

「何か御用ですか」

と、年嵩《としかさ》と思われる長身の武士が訊いた。

「崎島道場は、門をとじたのですか」

市之介が、道場の名を出して訊いた。丁寧な物言いである。

「はい、三年ほど前に」

すぐに、長身の武士が答えた。

「なにゆえ、門を閉じたのです」

「門を閉じた理由は、ふたつあります。ひとつは、御師匠の崎島さまが、御高齢になられたこと。もうひとつは、見たとおり道場が古くなって傷み、稽古をつづけるのが難しくなったことです」

長身の武士は、明確に答えた。

「よく、知っておられる」

「それがし、門を閉じる前まで門弟だったのです」

「それなら、道場の師範代だった片桐どのも知っておられるな」

「知っています」

長身の武士の顔に、嫌悪するような表情が浮いた。片桐のことをよく思っていないらしい。

「片桐どのは、いまどこに住んでいるのです」

市之介が訊いた。片桐の居所が知れるかもしれない。

「この近くと聞きましたが、どこに住んでいるか知りません」

長身の武士は、素っ気なく言った。

「そうか」

市之介は肩を落としたが、気を取り直して訊いた。

「ところで、道場主の崎島どののお住まいは、知っておられるか」

「御師匠なら知っています。道場の脇に細い道があります。その道を半町ほど行くと、板塀をめぐらせた家があります。そこが、御師匠のお住まいで、奥様とふたりで住んでおられます」

長身の武士は、話が長くなったと思ったのか、

「それがしたち、急いでおりますので、これにて」

と言い、市之介たちに頭を下げてからその場を離れた。

「道場主の崎島どのに会ってみよう」

市之介が、糸川と佐々野に目をやって言った。

2

市之介たちは、道場の脇の小径《こみち》をたどって裏手にまわった。

道場の裏手は、竹藪になっていた。その竹藪のなかを抜けると、路地沿いに板塀をめぐらせた仕舞屋《しもたや》があった。

「この家だな」

市之介が指差した。

家の正面に、吹抜け門があった。門といっても丸太を二本立てただけで、門扉もなかった。

市之介たちは、門の前に立って家に目をやった。戸口の板戸はしまっていた。

ただ、縁側に面した座敷から、かすかに人声が聞こえた。男と女の声であることは知れたが、話の内容は聞き取れなかった。

「崎島どののはいるかな」

そう呟《つぶや》き、市之介は門からなかに入った。糸川と佐々野も、市之介につづいて戸口に足をむけた。

市之介は板戸に身を寄せると、家のなかの話し声が、はっきりと聞こえた。ひとりは老いを感じさせる武家言葉だった。崎島らしい。もうひとりは、崎島の妻女らしく、武家の妻女らしい物言いだった。

市之介は戸口の板戸をあけ、

「どなたか、おられるか」

と、声をかけた。すると、家のなかから聞こえた話声がやみ、いっとき戸口の様子をうかがっているようだったが、

「どなたかな」

と、しゃがれ声が聞こえ、立ち上がる気配がした。

戸口に姿を現したのは、小袖に角帯姿の老齢の武士だった。痩身だったが、腰が据わっていた。身辺に隙がなく、市之介にむけられた目にも、鋭いひかりが宿

っている。

「崎島弥五郎どので、ござるか」

市之介が訊いた。

「いかにも。そこもとは」

「それがしたちは、心形刀流《しんぎょうとうりゅう》を修行した者でござる」

市之介は、背後に立っている糸川と佐々野に目をやってから、

「一刀流の崎島さまの噂を耳に致し、御指南を仰ぎたいと思い、道場を訪ねまいったのですが、門を閉じておられました」

そう言い添えると、糸川と佐々野が、崎島に頭を下げた。

「道場を見られたか」

崎島が訊いた。

「はい、外からですが」

「見たとおり、道場は古く、だいぶ傷んでおる。稽古どころではない」

崎島の顔に、苦笑いが浮いた。

「道場は、あのままですか」

「いや、道場を建て直して、門をひらく話があるのだ。……ただ、実現できるか

どうか、わしにも分からぬ」

「どなたの話でござる」

その話を持ってきたのは、師範代の片桐ではないか、と市之介は思ったが、名は口にしなかった。

「師範代の片桐だ」

崎島は眉を寄せた。片桐のことを信用していないのかもしれない。

「いまの道場を建て直して、門をひらくのでござるか」

市之介は、寅次郎が松乃屋の金を片桐にまわすのではないかと思った。松乃屋が幕府御用達になったときに、その報酬として渡される金ではあるまいか。

「そうらしいが、金の工面がな」

崎島は、首を横に振った。やはり、片桐の話は信用してないようだ。

「ところで、片桐どのはどこにお住まいか、ご存じでござるか。せっかく来たので、近くにおられるなら、話をお訊きしたいのでござるが」

市之介は、片桐の居所をつきとめたかったのだ。

「片桐なら、富沢町におるが」

「近くでござるか」

「近いが、家におるかな。わしは、名も聞いておらぬが、女を囲っているらしい。いまは、その女といっしょのようだ。……あの男、遊び人でな。いかがわしい連中と、付き合いがあるらしい。わしは、信用しておらんのだ」

崎島が眉を寄せて言った。

「その家は、どの辺りでござる」

市之介は、片桐の居所が知りたかった。

「高砂町との町境に面している通りにあるらしい」

崎島が言った。

「近くに、目印になるような物はありますか」

「借家でな。一膳めし屋の裏手だと、言っておったが……。何でも、店の脇に裏手にまわる路地があるそうだ」

「一膳めしでござるか」

市之介は、通りを歩いて一膳めし屋を探せば、片桐の居所はつかめるのではないかと踏んだ。

「手間をとらせました」

そう言って、市之介が身を引こうとすると、

「そこもとたちは、片桐のことを探っているのではないか」

崎島が、市之介たち三人に目をやって訊いた。市之介が、片桐のことを執拗《しつよう》に訊いたのでそう思ったらしい。

「実は、片桐どのに恨みがあるのです。この男の知り合いが、片桐どのに因縁をつけられて斬られたのです。それで、できれば恨みを晴らしたいと思い……」

市之介は、傍らにいた糸川に目をやって言った。片桐たちに襲われて殺されたのは佐久間だが、知り合いとしておいた。

すると、糸川が、

「何としても、知り合いの無念を晴らしてやりたいのだ」

と、語気を強くして言った。

「そうか」

崎島は眉を寄せただけで何も言わなかった。

市之介たちは、崎島に礼を言って戸口から出た。高砂町との町境の通りを歩いて、片桐の居所をつきとめようと思った。

3

市之介、糸川、佐々野の三人は、浜町堀沿いの通りから、富沢町と高砂町の町境の道に入った。そこは大きな通りで、行き交う人の姿も多かった。

「道沿いにある一膳めし屋を探すのだな」

市之介は、通りの左右に目をやった。

「ただ、この通りにある一膳めし屋は、一軒だけではあるまい」

糸川が言った。

「何軒か当たれば、片桐の居所が知れるはずだ」

市之介は、気長に探すしかないと思った。ただ、富沢町はこの先あまり広くはなく、そう手間はかからないとみた。

「そこに、一膳めし屋があります」

佐々野が、路地沿いの店を指差して言った。

一膳めし屋にしては、大きな店だった。繁盛しているらしく、店内にいる何人もの客の姿が見えた。

「店の裏手にある借家だったな」

市之介は一膳めし屋の脇に目をやったが、裏手にまわるような路地はなかった。

「この店では、ないな」

市之介たちは、さらに通りを歩いた。

「あります、一膳めし屋が」

また、佐々野が声を上げた。

見ると、通り沿いに一膳めし屋があった。それほど大きな店ではなく、通りからなかの様子は見えなかった。

「見ろ。店の脇に、路地がある」

市之介が指差して言った。

細い路地だった。それでも、路地を通るひとの姿が見えた。

市之介たちは、路地に入ってみた。崎島が言っていたとおり、路地は一膳めし屋の裏手を通っている。路地沿いに、店屋はなかった。空き地や笹藪などが目につき、借家や妾宅《しょうたく》ふうの家などがひっそりと建っていた。

市之介が通りかかった近所の住人と思われる初老の男に、

「この近くに、妾の住む家はないかな。囲っているのは、おれの知り合いの武士でな。その武士を訪ねてまいったのだ」

と、もっともらしく訊いた。

「ありやすよ。この先、二町ほど歩くと、右手にありまさァ」

男が、家の脇に太い欅《けやき》があるので、それを目印にしていくといいと言い添えた。

市之介たちは、さらに路地を歩いた。男が言ったとおり、二町ほど行くと、太い欅が枝葉を繁らせていた。その脇に、妾宅ふうの家があった。家の前が狭い空き地になっていて、雑草が生い茂っていた。その空き地のなかに、家までつづく小径がある。

「あの家だな」

糸川が言った。

「だれか、いるらしい。表の戸がすこしあいている」

市之介が家を指差した。

そのとき、家の表戸がさらにあき、女がひとり姿を見せた。ほっそりした色白の年増だった。ちいさな風呂敷包みを抱えている。

「こっちへ来るぞ」

女は家の前から路地につづく小径を歩いて来る。

「ここにいてくれ。おれが訊いてみる」

市之介は、糸川と佐々野をその場に残して家のある方にむかった。

女は路地に出てこちらに足をむけたとき、市之介の姿に気付いて路傍に身を寄せた。市之介に、道を譲ろうとしたらしい。

市之介は女のそばに近付き、

「いま、そこの家から出てきたのを見掛けたのだが、家にお住まいの方ではござらぬか」と、訊いた。妾とも妻女とも言えなかったので、お住まいの方と口にしたのである。

「そうですが」

女はあらためて市之介の顔を見た。

「それがし、片桐どのと親しくしている者だが、所用があって、お住まいを訪ねてまいったのだ。片桐どのは、おられるかな」

と、もっともらしく訊いた。

「家にはおりませんが」

そう言って、女は市之介の前に来た。

「留守か」

市之介は残念そうな顔をした。

「主人《うちのひと》は、ここ三日ほど家を留守にしているので、わたしは心配しているのです」

女が言った。市之介のことを信用したようだ。

「どこへ出かけたか、ご存知か」

市之介が訊いた。

「それが、分からないのです」

「家をあけることは、多いのかな」

「ええ……。でも、二、三日あけるだけで、長くあけることは、ないのです」

「それなら、すぐに帰ってくるな」

「はい」

「近いうちに、またお訪ねしよう」

市之介はそう言って路傍に目を寄せ、先に女を通した。

女が遠ざかると、市之介は糸川と佐々野のそばにもどった。そして、女とのやり取りをかいつまんで話した後、

「三日ほどしたら、様子を見に来てみよう」

と、ふたりに声をかけた。

「まだ、帰るのは早いな」

糸川が言った。

「帰りに、堀江町に寄ってみるか」

市之介は、平塚か寅次郎のどちらかがいるのではないかと思ったのだ。

「それがいい」

糸川が同意すると、佐々野もうなずいた。

市之介たち三人は堀江町に入ると、先に二丁目の寅次郎の妾の住む借家の近くで聞き込んだが、寅次郎はいないようだった。

市之介たちは二丁目から三丁目にむかい、平塚の住む借家の近くまで行って様子をうかがったが、平塚も留守だった。

「寅次郎も平塚も、おれたちに隠れ家をつかまれたと気付いて、立ち寄らないかもしれんぞ」

市之介が言った。

4

茂吉は、本石町二丁目に来ていた。通り沿いの小間物屋の脇から、斜向《はすむ》かいにある松乃屋に目をやっている。

寅次郎が、姿をあらわすのを待っていたのだ。茂吉は、ここ数日、昼過ぎから松乃屋の近くに来て見張っていたが、寅次郎も仲間たちも姿を見せなかった。

……情婦《いろ》のところかな。

寅次郎は、堀江町にある情婦のところにいるのかもしれない、と茂吉は思った。

それから、半刻（一時間）ほど経ち、陽が西の空にまわったころ、店から男が姿を見せた。

……出てきた！

茂吉は胸の内で声を上げた。

姿を見せたのは、面長で浅黒い顔をした遊び人ふうの男だった。寅次郎にちがいない。茂吉は、以前捕らえた弥三郎から、寅次郎の人相を聞いていたのだ。

寅次郎は表通りに出ると、東にむかい、中山道に出て日本橋の方へ足をむけた。

そして、日本橋のたもとまで来ると、足をとめて周囲に目をやった。

橋のたもとの日本橋川の岸際に、ひとりの武士が立っていた。平塚である。寅次郎は平塚に身を寄せると、立ったまま何やら話していた。

茂吉は、寅次郎と平塚からそれほど遠くない場所でふたりに目をやっていた。日本橋のたもとは大勢のひとが行き交っていたので、近付いても寅次郎たちに気付かれる恐れはなかったのだ。

それからしばらくすると、別の武士が、寅次郎と平塚のそばに近寄ってきた。初老の武士で、羽織袴姿だった。武士は寅次郎と何やら話した後、平塚もそばに呼んだ。そして、三人で中山道を北にむかって歩きだした。三人は、昌平橋の近くまで来ると、左手の通りに入った。

茂吉は走り出した。三人の姿が見えなくなったのだ。左手の通りに入ると、前方に寅次郎たちの姿が見えた。三人は、何やら話しながら歩いていく。

その辺りは、通り沿いに大名家の屋敷や武家屋敷がつづいていた。通りには、行き交う武士の姿があった。

茂吉は先を行く三人に気付かれないように、通りかかる武士の背後にまわったり、武家屋敷をかこった築地塀《ついじべい》の陰などに身を隠して跡を尾けた。尾行は巧みである。

前を行く三人は、通り沿いに大小の旗本屋敷のつづく通りをいっとき歩いた後、武家屋敷の門前に足をとめた。この辺りは、神田小川町である。屋敷の表門は、片番所付の長屋門だった。禄高四、五百高ほどの幕臣の屋敷であろう。

初老の武士が門番になにやら声をかけると、門の脇のくぐりがあいて、若党らしい武士が姿を見せた。そして、寅次郎たち三人をなかに入れると、くぐりはしめられた。

茂吉は屋敷の門前近くまで行ってみたが、屋敷内からは人声は聞こえなかった。引き戸をあけるような音がかすかに聞こえただけである。

初老の武士は、この屋敷の用人ではないか、と茂吉は思った。

茂吉はすこし離れた場所で、しばらく表門に目をやっていたが、なかなか寅次郎たちは姿を見せなかった。

茂吉は、通りかかったふたりの中間《ちゅうげん》に近付いて呼びとめ、

「近所のお屋敷に奉公してるのかい」

と、声をかけた。

「そうだが、何か用か」

大柄でげじげじ眉の中間が訊いた。もうひとりの痩身の中間は、茂吉をじろじろ見ている。

仕方なく、茂吉はふところに手をつっ込んで十手をチラリと見せ、「御上の御用でな」と小声で言った。

途端に、中間の顔色が変わった。

「親分さんでしたか」

大柄の中間が、首をすくめて言った。

「人違いかも知れねえんだが、盗人とみて跡を尾《つ》けてきた男が、そこのお屋敷に入《へえ》ったんだ。そこは、どなたさまのお屋敷だい」

茂吉は、寅次郎たちが入った屋敷を指差して訊いた。

「旗本の北村彦七郎《きたむらひこしちろう》さまのお屋敷だよ」

大柄の中間が、腑に落ちないような顔をして言った。岡っ引きが、旗本のことなど訊いたからだろう。

「北村さまのお役柄はなんだい」

さらに、茂吉が訊いた。

すると大柄の中間が脇に立っている痩身の中間に、「北村さまは、御納戸《おなんど》だったな」と訊いた。

「そうだ。たしか、四百俵高の御納戸組頭のはずだ」

と、小声で答えた。

「御納戸組頭な」

茂吉にとっては、まったく縁のない役柄だった。

御納戸頭は、将軍の手許にある金銀、衣類、調度などの出納にあたっていた。将軍が下賜《かし》する金銀、衣類などの取り扱いもしている。配下には、御納戸組頭、御納戸衆、御納戸同心がいた。当然衣類の調達のおりには、配下の者が呉服屋と接触することも考えられる。

……この旗本が、事件にかかわっているようだ。

茂吉が胸の内でつぶやいた。

大柄の中間は茂吉が黙っているのを見ると、

「親分、あっしらは行きやすぜ」

そう言い残し、ふたりで足早に離れていった。

茂吉は近くにあった旗本屋敷の築地塀の陰に身を隠し、屋敷に入った寅次郎たちが出てくるのを待った。茂吉は同行した武士の後を尾けて、平塚の居場所をつきとめようと思ったのだ。

　だが、しばらく待っても出てこなかったので諦め、築地塀の陰から通りに出た。茂吉の胸の内には、寅次郎は松乃屋に、平塚は堀江町にある借家に帰るのではないかという思いがあったのだ。それに、茂吉は、いっときも早く寅次郎と平塚が御納戸組頭の住む屋敷に入ったことを市之介に知らせたかったのだ。

5

　市之介は庭に面した座敷で、おみつが背後からかけてくれた羽織に手を通していた。市之介は、糸川といっしょに富沢町へ行くつもりだった。片桐が妾をかこっている家にもどっているかどうか、確かめようと思ったのだ。

　市之介が羽織を着て、座敷の刀架けの大刀に手を伸ばしたとき、縁先に走り寄る足音が聞こえた。そして、すぐに、「旦那さま、旦那さま」と呼ぶ茂吉の声が聞こえた。

　市之介は、大刀を手にしたまま障子をあけて縁側に出た。おみつは縁側の近くまで来たが、座敷から出なかった。あいたままの障子の近くに座して、市之介と茂吉に目をやっている。

「旦那さま、寅次郎が大物と会ってやしたぜ」

すぐに、茂吉が言った。声が昂《たかぶ》っている。

「大物とは、だれだ」

「御納戸組頭の北村さまでさァ」

「なに！　御納戸組頭だと」

市之介の声が大きくなった。

「そうで」

「寅次郎ひとりで、御納戸組頭と会っていたのか」

「平塚といっしょでさァ」

「平塚がいっしょか。……どうやら、御納戸組頭の北村という男が、御用達の件で世話役をしていたようだな」

市之介は、事件にいる黒幕の姿が見えてきたような気がした。

北村が仕えている御納戸頭がかかわっているかどうか分からないが、北村が御用達の件で高倉屋や松乃屋の主人と会っていたのは、まちがいないだろう。そして、松乃屋の次男の寅次郎が、松乃屋の御用達が実現するよう、商売敵の高倉屋の主人である庄右衛門殺しを平塚たちに頼んだとみれば、筋がとおる。

「旦那、どうしやす」

茂吉が昂った声で訊いた。旦那さまが、旦那になっている。

「寅次郎の居所は、知れたか」

市之介が訊いた。いずれにしろ、寅次郎を捕らえて訊問し、庄右衛門殺しの意図をはっきりさせれば、事件の首謀者たちの悪計が明らかになるだろう。

「寅次郎は松乃屋を見張っていれば、姿を見せるはずでさァ」

「寅次郎は、松乃屋にむけられていたおれたちの目が、別の場所にむけられていると知って、松乃屋に姿を見せるようになったらしいな」

市之介はいっとき間を置いた後、

「よし、糸川にも知らせ、寅次郎を押さえよう」

と、声高に言った。

市之介がおみつに見送られて玄関から出ると、庭からまわった茂吉が待っていた。

市之介と茂吉は、和泉橋にむかった。橋のたもとで糸川が待っていることになっていたのだ。

和泉橋のたもとに、糸川と佐々野の姿があった。糸川が佐々野に声をかけて連れてきたらしい。

市之介は糸川たちといっしょに和泉橋を渡り、本石町二丁目にある松乃屋にむかいながら、茂吉から聞いたことを一通り話し、

「寅次郎を押さえて訊問すれば、庄右衛門殺しにかかわった者たちと、その狙いがはっきりする」

と、言い添えた。

「寅次郎は、松乃屋にもどっているのか」

糸川が訊いた。

「もどっているようだ。おれたちの目が松乃屋から離れ、一味の隠れ家にむけられていると知って、松乃屋にいた方が身を隠せるとみたのだろう」

「よし、何としても寅次郎を押さえよう」

糸川が意気込んで言った。

市之介たち四人は中山道に出て南にむかい、松乃屋のある通りに入った。そして本石町二丁目にある松乃屋の近くまで来た。店は普段と変わりなくひらいていた。盛っているらしく、客が頻繁に出入りしている。

「さて、どうする」

市之介が、糸川と佐々野に目をやって訊いた。

「店に入って訊くわけにはいくまい」

糸川が言った。

「店を見張るしかないか」

市之介は長丁場になるとみて、四人で手分けして見張ることにした。まず、市之介と茂吉とで見張り、糸川と佐々野は、目のとどく範囲内で聞き込みにあたる。そして、一刻（二時間）ほどしたら交替するのだ。

「糸川、松乃屋の者に気付かれないようにな」

市之介が声をかけた。

「承知している」

糸川と佐々野は、その場を離れた。

「茂吉、おれたちは見張りだ」

市之介が茂吉に声をかけた。

「旦那、あっしが松乃屋を見張った場所にしやしょう」

そう言って、茂吉が先にたった。

市之介と茂吉は、松乃屋の斜向かいにある小間物屋の脇に身を隠し、松乃屋に目をやった。

市之介たちは、一刻ほど松乃屋を見張ったが、寅次郎は姿を見せなかった。

「糸川たちと交替するか」

市之介が茂吉に声をかけた。

そのときだった。ふいに、茂吉が身を乗り出すようにして店先に目をやり、

「やつだ！」

と、昂った声で言った。

店先から、寅次郎が出てきた。遊び人ふうではなく、小袖を裾高に尻《しり》っ端《ぱしょ》折り し、股引《ももひき》を穿いていた。職人ふうの恰好である。

「正体が知れねえように身を変えたな」

茂吉が言った。

「すぐに、糸川たちに知らせろ」

「へい」

茂吉が小間物屋の陰から飛び出した。

市之介も通りに出て、寅次郎の後ろ姿に目をやった。足早に中山道の方に歩い

ていく。

待つまでもなく、茂吉が糸川と佐々野を連れてもどってきた。

「寅次郎は、あそこだ」

市之介は遠ざかっていく寅次郎を指差し、小走りになった。すでに、寅次郎の姿は通りの先にちいさくなっている。

6

市之介たち四人は、寅次郎に近付くと間をとって歩いた。寅次郎が背後を振り返っても、気付かれないためである。町人体の茂吉が先になり、若い佐々野が茂吉を尾け、市之介と糸川は、佐々野からさらに間をとって歩いた。

先を行く寅次郎は、中山道に出て南に足をむけた。尾行している市之介たちは、それぞれ前を行く者との間をつめた。中山道は人通りが多く、間をひろく取ると見失うのだ。それに、寅次郎が振り返っても、通行人に紛れて気付かれる恐れはなかった。

寅次郎は室町《むろまち》三丁目に入ると、左手の通りに入った。その通りは、入堀沿いの通りにつづいている。

市之介たちは、小走りになった。寅次郎の姿が見えなくなったからだ。市之介と糸川は、前を行く佐々野に追いついた。

寅次郎は入堀沿いにつづく堀江町に行くのではないか、と市之介たちはみたのだ。堀江町二丁目に、寅次郎の囲っている情婦の住む借家があったからだ。

「道浄橋《どうじょうばし》のたもと近くで、寅次郎を捕らえよう」

市之介が言った。別の道をたどっても、入堀にかかる道浄橋のたもとに出られる。急げば、先まわりできるはずだ。

「よし、佐々野に追いつくぞ」

糸川が言い、ふたりは足を速めた。そして、佐々野らに追いつくと、このまま茂吉とふたりで寅次郎を尾けるよう話した。

「旦那たちは、どうしやす」

茂吉が市之介に訊いた。

「おれと糸川は、先回りして道浄橋のたもとで待つ。佐々野たちと挟み撃ちにして、寅次郎を捕らえるのだ」

「承知しました」

佐々野が言った。そして、茂吉とふたりで、寅次郎の跡を尾け始めた。

市之介と糸川は、右手の道に入った。その道をたどり、さらに入堀につきあったところで左手にむかえば、道浄橋のたもとに出られる。

市之介と糸川は、さらに足を速めた。寅次郎より先に道浄橋のたもとに出ねばならない。いっとき足早に歩くと、前方にちいさく道浄橋が見えてきた。

市之介たちは足を速め、道浄橋のたもとに出た。まだ、寅次郎も、佐々野たちの姿も見えなかった。

市之介と糸川がその場に立って、しばらく経つと、

「来たぞ！　寅次郎だ」

糸川が言った。

遠方だが、通りの先に寅次郎の姿が見えた。こちらに歩いてくる。

市之介と糸川は、急いで堀際に植えられた柳の陰に身を隠した。寅次郎が近付いてから飛び出すのである。

樹陰で見ていると、後続の佐々野と茂吉も足を速め、寅次郎との間をつめているようだった。まだ、寅次郎は気付いていない。

寅次郎が橋のたもとに近付いたとき、市之介と糸川は樹陰から飛び出した。そ

して、寅次郎の前に立ち塞がった。

ギョッ、としたように寅次郎は、その場に立ち竦《すく》んだが、すぐに反転して逃げようとした。だが、その足はとまったままだった。背後に立っている佐々野と茂吉の姿を目にしたようだ。

「寅次郎、観念しろ！」

言いざま、市之介は刀を抜いて刀身を峰に返した。峰打ちにするつもりだった。

糸川も抜刀し、峰に返した。ふたりは刀を振るえるだけの間を取り、寅次郎に迫っていく。

通りかかった者たちが、市之介と糸川が刀を手にしたのを見て、悲鳴を上げて逃げ散った。

「やろう！　殺してやる」

叫びざま、寅次郎が懐から匕首《あいくち》を取り出して身構えた。だが、手にした匕首が、震えている。

市之介は刀を八相に構え、摺《す》り足で寅次郎に迫った。市之介が刀のとどく間合に入ったとき、

「死ね！」

叫びざま、寅次郎が匕首を前に突き出して踏み込んできた。

刹那、市之介が右手に踏み込み、刀身を横に払った。一瞬の太刀《たち》捌《さば》きである。

市之介の刀身が、寅次郎の腹を強打した。

グワッ、と寅次郎は呻《うめ》き声を上げ、手にした匕首を取り落としてよろめいた。

そこへ、糸川が迫り、

「動くと斬るぞ！」

と、声をかけ、寅次郎の喉元に切っ先を突き付けた。

寅次郎は目を剝き、身を硬くしてその場につっ立った。そこへ、茂吉と佐々野が走り寄り、

「観念しろ！」

と、茂吉が声を上げ、寅次郎の両腕を後ろにとった。そして佐々野とふたりで、寅次郎に縄をかけた。

市之介たちが、捕らえた寅次郎を連れていったのは、神田相生町にある佐々野家の納屋だった。そこは、先に捕らえた弥三郎を訊問した場所である。

まだ、捕らえた弥三郎は納屋に監禁してあったが、外に連れ出し、茂吉に見張らせることにした。

納屋のなかは薄暗かった。かすかに黴《かび》と埃の臭いがする。市之介たちは、納屋の土間に寅次郎を座らせた。

市之介が寅次郎の前に立ち、

「ここは通りから離れているので、泣こうが、喚《わめ》こうが、外の者には聞こえない」

そう、念を押すように言った。

寅次郎は市之介に目をやったが、何も言わなかった。顔が恐怖で強張り、体が顫《ふる》えている。

「寅次郎、片桐と平塚と知り合ったのは、賭場だそうだな」

市之介はすでに弥三郎から聞いていたが、寅次郎に喋らせるためにそう訊いたのだ。

寅次郎は、いっとき口を閉じていたが、

「そうでさァ」

と、つぶやくような声で言った。すでに、市之介たちに知られていることを隠す必要はないと思ったのだろう。

「まず、平塚のことから訊くが、いまどこにいるのだ」

市之介が寅次郎を見すえて訊いた。

「堀江町の借家でさァ」

すぐに、寅次郎が言った。

「その借家にはいない。おれたちが知りたいのは、借家を出た後、平塚が身を隠している場所だ」

市之介が訊くと、寅次郎は市之介から視線を逸らし、

「知らねえ」

と、小声で言った。

「おまえは、平塚と片桐に大金を渡して仲間に引き入れた。そのおまえが、ふたりの居所を知らぬはずはない」

市之介の語気が強くなった。

寅次郎は視線を膝先に落としたまま口を結んでいる。

7

「話す気になれぬか」

市之介が刀を抜いた。そして、切っ先を寅次郎の頬に当ててすこし引いた。

ヒイッ、と寅次郎が喉を裂くような悲鳴を上げ、首をすくめた。頬に赤い筋がはしり、ふつふつと血が噴いた。寅次郎の体が、瘧慄《おこりぶる》いのように激しく顫えている。

「話さねば、次は鼻を殺《そ》ぎ落とす」

そう言って、市之介は切っ先を寅次郎の鼻に当てた。

「は、話す！」

寅次郎が、声をつまらせて叫んだ。

市之介は手にした刀を下ろし、

「平塚はどこにいる」

と、声をあらためて訊いた。

「と、富沢町で」

「富沢町のどこだ」

市之介が、畳み掛けるように訊いた。

「剣術道場の近くと聞きやした」

「崎島道場か」

「よく御存知で」

寅次郎が驚いたような顔をした。

「平塚は片桐といっしょではないのか」

市之介は、聞き込みの折に、崎島道場の師範代だった片桐も道場の近くに住んでいると耳にし、道場主の崎島に会って話を聞いた。そして、糸川や佐々野とともに、崎島が話した一膳めし屋の裏手にある借家を探した。

その借家に片桐の妾《めかけ》が住んでいたが、片桐は留守だった。その後、三日ほどしてあらためて借家にいってみたが、やはり片桐の姿はなかった。

そうしている間に、寅次郎と御納戸組頭が会っているのを、茂吉が目撃した。その話を聞いた市之介たちの探索の手は、いったん富沢町から離れた。そして、寅次郎を捕らえて、話を聞くことになったのだ。

「ふたりは、いっしょだと聞いていやす」

寅次郎が言った。

「ちかごろ、片桐と会ったのか」

「へい、富沢町で会いやした」

「借家で、会ったのか」

「あっしは、情婦《いろ》の家で会ったりしませんや。表通りにあるそば屋の二階で、一杯やりながら話したんでさァ」

寅次郎は、隠さず話すようになった。すこし、市之介と話したことで、隠す気が薄れたのだろう。

「そば屋の名は」

「名は知りやせんが、情婦の家の近くにある老舗のようでさァ。その辺りに、そば屋は一軒しかねえから、行けば分かるはずで」

「そうか」

片桐は、妾の家にいるとみていいようだ、と市之介は思った。

「ところで、平塚はどこに寝泊まりしている。片桐の妾の家に、いっしょに住んでいるはずはない」

市之介が声をあらためて訊いた。

「ちかごろ、道場にいると聞きやした」

「崎島道場か」

「そうでさァ」

「あそこは、つぶれたはずだぞ」

「寝ることはできやす。それに、身を隠すには、もってこいの場所でさァ」

「うむ」

市之介は、ちいさくうなずいて寅次郎の前から身を引いた。

つづいて、糸川が寅次郎の前に立った。

糸川は、黙したまま寅次郎を見据えた後、

「高倉屋のあるじの庄右衛門を殺すよう、平塚たちに頼んだのは、おまえだな」

と、語気を強くして訊いた。

「お、おれは、殺しを頼んだりしてねえ」

寅次郎が声を震わせて言った。

「では、なぜ、かかわりのない平塚たちが、庄右衛門を襲って殺したのだ」

「あっしが、御用達の話をすると、平塚の旦那が、金を出せば、庄右衛門を始末してやる、と言ったんでさァ」

寅次郎が、小声で言った。

「それで、金を出したのだな」

「そうで……」

「金を出して頼んだのと、変わりないではないか。……ところで、寅次郎、旗本の北村彦七郎どのの屋敷を訪ねたことがあるな」

　糸川が声をあらためて訊いた。

「し、知らねえ。あっしは、旗本のお屋敷などに入《へえ》ったことはねえ」

　寅次郎が、声をつまらせて言った。顔に狼狽の色がある。

　すると、脇で聞いていた市之介が、

「寅次郎、白を切っても無駄だぞ。おまえが、平塚といっしょに北村家の屋敷に入るのを見た者がいるのだ」

　と、強い口調で言った。

　寅次郎は、戸惑うような顔をした。平塚といっしょに屋敷に入った、と市之介が口にしたので、北村家の屋敷に入るのを見られたと思ったのだろう。

「北村家の屋敷に行ったな」

　糸川が念を押すように訊いた。

「へ、へい……」

　寅次郎は、肩を落とした。顔は蒼ざめ、体が震えている。

「御用達の話をしたのだな」

「……」

寅次郎は無言でうなずいた。

「それで、御用達の話は、どうなったのだ」

「まだ、決まってねえんでさァ。ただ、北村さまは、高倉屋の旦那が亡くなったので、松乃屋に御用達の話がいくのではないかと言ってやした」

「そうなるように、おまえたちが庄右衛門を殺したのではないか」

糸川の顔には、強い怒りの色があった。

糸川が寅次郎の前から身を引くと、

「あっしは、隠さず話しやした。あっしを、帰《けえ》してくだせえ」

寅次郎が、市之介と糸川に目をやって言った。

「帰せだと！　おまえの行き先は、獄門台だ」

糸川が強い口調で言った。

第五章　追及

1

「このままだと、幕府御用達の店は松乃屋に決まるぞ。御納戸組頭の北村を何とかしないとな」

市之介が言った。

「松乃屋は駄目だ。何としても、阻止したい」

糸川が厳しい顔をした。

「だが、おれたちの一存で、御納戸組頭の北村に手を出すことはできないぞ」

「何か、いい手はないかな」

佐々野がつぶやくような声で言った。

市之介、糸川、佐々野の三人がいるのは、青井家の庭に面した座敷である。糸川と佐々野が、今後どう手を打つか相談するために青井家を訪れたのだ。さきほどまで、おみつとつるも座敷にいて、茶飲み話をしていたのだが、

「糸川と佐々野は、伯父上に頼まれた仕事の相談に来たのだ。大事な話なので、三人だけにしてくれないか」

と、市之介が近くに座していたつるに耳打ちしたのだ。

つるは、「話が終わるまで、奥にいましょうね」とおみつに話し、ふたりで座敷を出たのである。

「伯父上に話してみるか」

市之介が言った。

「御目付の大草さまなら、悪事がはっきりすれば、相手が御納戸組頭でも訊問することができるな」

「これから、伯父上のところに行ってみるか」

市之介は大草家に着くころは、七ツ（午後四時）過ぎになるので、大草は屋敷に帰っているとみた。

「わたしは、遠慮します。三人もで押しかけると、大草さまは何事かと驚かれる

でしょう」佐々野が言った。

「おれと糸川のふたりで行こう」

そう言って、市之介が立ち上がった。

市之介は先に座敷から出ると、奥にいるつるとおみつに、これから出かけることを話した。

市之介、糸川、佐々野の三人が玄関まで来ると、つるとおみつが慌てた様子で姿を見せ、市之介たちが門を出るまで見送ってくれた。

表門を出たところで、市之介と糸川は佐々野と分かれ、ふたりで神田小川町にある大草家の屋敷にむかった。

大草家の長屋門の前までくると、市之介が門番に来意を告げた。

門番は市之介と糸川を知っていたので、「お待ちください」と言い残し、屋敷内に入ったようだが、すぐに門の脇のくぐりから姿を見せた。門番だけでなく、用人の小出もいっしょだった。

「おふたりとも、入ってくだされ」

そう言って、小出は市之介と糸川をくぐりから入れた。

小出が市之介たちを連れていったのは、大草が市之介と会って話すときに使われる奥の座敷だった。

「ここで、お待ちくだされ。殿はじきにお見えになるはずです」

そう言い残し、小出は座敷から出て行った。

大草は、なかなか姿を見せなかった。市之介たちが、座敷に来て小半刻（三十分）も経ったろうか。廊下を忙しそうに歩く足音がし、障子があいて大草が姿を見せた。大草は小袖に角帯姿だった。下城後、着替えたのだろう。

大草は市之介と糸川の前に腰を下ろすと、

「待たせたか。城からもどったばかりだったのでな」

大草が、苦笑いを浮かべて言った。

「お許しも得ず、突然、押しかけ、申し訳ありません」

糸川が、座敷に両手をついて頭を下げた。

市之介も同じように頭を下げたが、何も言わなかった。この場は糸川に任せようと思ったのだ。

「何かあったのか」

大草が小声で訊《き》いた。顔の笑みが消え、双眸《そうぼう》に御目付らしい鋭いひかりが宿っている。

「幕府の御用達にかかわって、高倉屋のあるじ、庄右衛門が殺されたことは御目付さまもご承知のとおりですが、裏で御納戸組頭の北村彦七郎さまが糸を引いていることが知れました」

糸川が北村の名を出して言った。

「なに、御納戸組頭だと！」

大草が驚いたような顔をした。

「はい、われらは、高倉屋と御用達を競っている松乃屋の倅《せがれ》と庄右衛門を斬り殺した武士が、北村さまのお屋敷に、出入りしているのを目にしております」

糸川がわれらと言ったのは、実際に目にしたのが茂吉だったからだろう。

「うむ……」

大草の顔がけわしくなった。

「おそらく、松乃屋から多額の金が北村さまに渡されているとみております」

さらに、糸川が言った。

「糸川、北村だけでなく、上役の御納戸頭も此度《こたび》の件にかかわっているとみているのか」大草が訊いた。

「はっきりしたことは、分かりませんが、上役の御納戸頭までかかわっているとは思えません。ただ、北村さまが、それとなく上役に松乃屋を推挙しているだけではないかとみております。それというのも、あるじの庄右衛門が殺されたことで、高倉屋が御用達になるのは難しくなり、上役にまで働きかける必要がなくなったからです」

「庄右衛門殺しは、それが狙いだったのだな」

大草が顔を厳しくして言った。

「そうみております」

糸川が口をとじると、

「伯父上、それがしと糸川たちとで、御納戸組頭の北村彦七郎を捕らえて訊問してもかまいませんか」

市之介が口を挟んだ。

「ひそかに捕らえるのは、かまわんが……。訊問するのはな」

大草は、いっとき虚空を見すえたまま黙考していたが、

「わしが、北村から話を訊いてもいいぞ」

と、市之介と糸川に目をやって言った。

「そうしていただければ、北村と御納戸頭のかかわりもみえてくるはずです」

市之介が声高に言った。

それから、市之介と糸川とで、これまでに摑んだことを一通り話し、

「残っている片桐と平塚は、われらの手で討つつもりでおります」

と、市之介が言い添えた。

「市之介、無理をするでないぞ。片桐も平塚も遣い手らしいからな」

大草が心配そうな顔をして言った。

2

大草家に出かけた翌日、市之介、糸川、佐々野、茂吉の四人は、富沢町にむかった。御用達の件はひとまず大草に任せ、市之介たちは残っている平塚と片桐を始末することにしたのだ。

途中、堀江町にある平塚の住んでいた借家に立ち寄ったが、平塚の姿はなかった。念のため近所の住人に訊くと、富沢町で平塚の姿を見掛けた者がいた。平塚は武士と何やら話しながら浜町堀沿いの道を歩いていたという。

市之介たちは、平塚と歩いていた武士を片桐とみた。平塚は富沢町に身をひそ

めている片桐といっしょにいるようだ。

市之介たちは、富沢町にむかった。そして、富沢町に入ると、まず崎島道場に行ってみることにした。

市之介たちは道場の近くまで来ると、路傍に足をとめた。

「道場に、片桐か平塚がいるかもしれぬ。迂闊《うかつ》に近付くと、おれたちに気付いて、姿を消す恐れがある」

市之介はそう言った後、「茂吉、気付かれないように様子を見てきてくれ」と、指示した。

「承知しやした」

茂吉は、その場を離れた。

市之介たちは、路傍の樹陰に身を隠して茂吉に目をやっていた。茂吉は、道場の前まで行くとすこし歩調をゆるめたようだが、そのまま通り過ぎた。そして、しばらく歩いてから踵《きびす》を返し、市之介たちのそばにもどってきた。

「道場に、だれかいたか」

すぐに、市之介が訊いた。

「いやした」

「だれがいたか、分かるか」

「男と女の声がしやした」

茂吉によると、男の声は武士らしかったという。女はしゃがれ声だったので、老齢のような感じがしたという。

「武士は、片桐か平塚ではないか」

市之介が、念を押すように訊いた。道場から聞こえた武士の声に、聞き覚えがあったのではないかと思ったのだ。

「小声だったので、だれの声か分からねえんでさァ。それに、はっきりしねえが、ふたりの他にもいたかもしれねえ」

茂吉が首をひねりながら言った。

「片桐と平塚のふたりが、いたかもしれんな。……道場主の崎島とも考えられる」

女の声は、崎島の妻女かもしれない、と市之介は思った。

「どうする」

糸川が訊いた。

「道場のなかにいる者がはっきりしないと、仕掛けられないな。片桐と平塚、それに門弟だった者もいれば、返り討ちに遭うぞ」

「しばらく、様子をみるか」

　糸川が言った。

「おれと、茂吉で、崎島どのの家を見てこよう。うまくすれば、道場内にいる者がだれか分かるかもしれない」

　そう言って、市之介は茂吉を連れて樹陰から通りに出た。

　市之介と茂吉は、道場の脇の小径《こみち》をたどり、裏手にむかった。そして、竹藪のなかを抜けると、崎島の住む家の吹抜け門の前に出た。

　家はひっそりとしていた。付近に人影はなく、戸口の板戸はしまっていた。

「家に近付いてみるか」

　市之介は、足音を忍ばせて家の戸口にむかった。茂吉は、後ろからついてきた。

　市之介は家の戸口の前まで来ると、足をとめて聞き耳をたてた。

　……だれかいる！

　家のなかから、かすかに足音が聞こえた。廊下を歩くような音である。つづいて、障子をあける音がし、「わしも、道場に行ってみるかな」と、呟《つぶや》くような声が聞こえた。道場主の崎島である。

市之介は、今、家にいるのは崎島ひとりとみた。足音と呟くような声の他に、まったく物音が聞こえなかったからだ。妻女は、道場にいる男たちに茶でも運んでやったのかもしれない。

市之介は、戸口から身を引き、道場の脇の小径にもどった。そのとき、後ろにいた茂吉が、

「旦那、道場の裏手から女が出てきやしたぜ」

と、声を殺して言った。

見ると、崎島の妻女と思われる初老の女が茶道具を手にして、道場の裏手から竹藪の方へ歩いてくる。やはり、崎島の妻女が道場にいる者たちに茶を淹《い》れてやったようだ。

「あっしが、道場にいるやつらのことを訊いてきやしょう」

茂吉が、その場から走り出そうとすると、

「茂吉、おれたちが来ていることを口にするな」

市之介が、茂吉の背後から声をかけた。

「承知しやした」

そう言い残し、茂吉は足音をたてないように妻女の後を追った。

茂吉は妻女に声をかけ、ふたりで何やら話しながら歩いていたが、家の近くまで行くと、茂吉が足をとめた。そして、茂吉は踵を返すと足早にもどってきた。妻女は振り返ることもなく、戸口にむかっていく。

茂吉は市之介のそばに来ると、

「旦那、道場には、五、六人いるようですぜ」

茂吉が、昂《たかぶ》った声で言った。

「だれがいたか、分かるか」

「片桐と平塚、それに門弟だった者たちらしい」

「思ったより大勢いるな。それに、門弟たちも遣い手とみておいた方がいい」

市之介は、門弟たちも侮れないと思った。

「どうしやす」

「ともかく、糸川たちのところにもどろう」

市之介と茂吉は、その場から離れた。

「五、六人もいるのか」

糸川が驚いたような顔をして言った。

「それに、いずれも遣い手とみなければなるまい」

市之介は、道場内にいる門弟も侮れないことを言い添えた。

「どうする」

糸川が訊いた。

「出直すか、それとも、門弟たちが道場から立ち去るのを待つかだな」

市之介は、門弟たちがこのまま道場に居続けるとは思わなかった。

「待とう」

糸川が言うと、佐々野もうなずいた。

市之介たちは長丁場に備え、近くの笹藪から笹を切り取ってきて地面に敷いた。

そこへ腰を下ろして、門弟たちが道場を出るのを待つのである。

陽は、西の空にまわりかけていた。八ツ（午後二時）ごろではあるまいか。

3

「交替で、腹拵《はらごしら》えをしてこないか」

市之介が声をかけた。四人もで、見張ることはなかった。門弟たちが道場を出た後、残った片桐と平塚を討つ時間は十分にあるはずだった。

まず、市之介と茂吉が、そば屋の笹嘉で腹拵えをすることにした。糸川と佐々野が、その場に残って道場を見張るのである。

半刻（一時間）ほどして、市之介と茂吉はもどった。糸川と佐々野によると、道場は何の動きもなく、姿を見せた者はいないという。

「糸川たちも、腹拵えをしてきてくれ」

市之介が、糸川と佐々野に声をかけた。

糸川たちがその場を離れて小半刻（三十分）ほど経ったろうか。道場に目をやっていた茂吉が、

「出てきた！」

と、声を上げた。

見ると、道場の戸口から武士が出てきた。四人いる。いずれも、小袖に袴姿で、大小を帯びていた。

四人の武士は、何やら話しながら市之介たちのいる方に歩いてくる。いずれも、

二十歳前後の若侍である。門弟たちであろう。

市之介と茂吉は、樹陰に身を隠したまま四人の武士をやり過ごした。四人の姿が、路地の先に遠ざかると、

「旦那、糸川の旦那たちに知らせやすか」

茂吉が意気込んで言った。

「その必要はない。糸川たちがもどるのを待って、仕掛ければいいのだ」

市之介は、焦ることはない、と思った。片桐と平塚は、しばらく道場内にとどまるだろう。それに、ふたりが道場を出れば、跡を尾《つ》けて行き先をつきとめればいいのだ。

四人の武士が通りの先に見えなくなってから、しばらくして糸川と佐々野がもどってきた。

「道場にいた門弟たちは、出たぞ」

市之介が、糸川たちに言った。

「出たか！　それで、片桐たちは」

糸川が勢い込んで訊いた。

「まだ、道場にいるはずだ」

市之介が、片桐たちは道場から姿を見せていないことを言い添えた。

「片桐と平塚を討つか」

糸川が言った。双眸が、切っ先のようにひかっている。ふたりと、闘う気になっているようだ。

「身支度をしてからだ」

市之介が言った。身仕度といっても、襷《たすき》の用意もしてなかったので、袴の股立《ももだ》ちを取り、刀の目釘を確かめるだけである。

糸川と佐々野も、市之介と同じように闘いの仕度をした。茂吉は、懐から十手を取り出して、握りしめている。

「行くぞ」

市之介が声をかけた。

路地には通りかかる者がいたが、市之介たちの姿を目にしても、不審そうな顔をするだけで、足をとめるようなことはなかった。近くに剣術道場があることを知っているので、袴の股立ちをとった武士も、見掛けることがあったのだろう。

市之介たちは道場の近くまで行くと、足音を忍ばせて戸口に近付いた。

道場のなかで、話し声が聞こえた。

……いる！

市之介は、胸の内で声を上げた。聞き覚えのある片桐と平塚の声である。

「踏み込むぞ」

市之介は、そばにいた糸川たちに小声で知らせ、板戸をあけた。

敷居の先が土間になっていて、その先に狭い板間があった。板間の奥は、ひろい道場になっていた。

道場の正面に師範座所があり、その前に、ふたりの武士が腰を下ろしていた。平塚と片桐である。ふたりの膝先に、湯飲みが置いてあった。ふたりは、四人の門弟が帰った後もそのまま話をつづけていたらしい。

平塚が、戸口から入ってきた市之介たちを目にし、

「青井たちか！」

と、声を上げ、傍らに置いてあった刀を手にして立ち上がった。

すると、平塚と対座していた片桐も刀を手にして腰を上げた。ふたりはその場に立ったまま、土間に立っている市之介たちを睨《にら》むように見すえている。

「表に出ろ！」

市之介が声をかけた。

平塚と片桐は無言のまま顔を見合わせたが、

「道場内で、立ち合いは、できんな」

と片桐が言うと、平塚がうなずいた。

道場はだいぶ傷んでいた。所々、床板が破れて落ちている。

平塚と片桐は、ゆっくりとした動きで戸口の方へ歩いてきた。市之介たちは、すぐに道場から外に出た。闘いの場は、道場の外である。

市之介は路地に出ると、傍らにいる糸川に、

「片桐とやらせてくれ」

と、小声で言った。市之介は、すでに対戦している片桐の遣う絡め突きと称する剣と勝負したかったのだ。

「おれは、平塚とやる」

糸川が戸口を見すえて言った。

平塚と片桐が、戸口から出てきた。ふたりとも、真剣勝負を直前にした殺気があった。市之介は、路地の左手に移動してひろく間合をとると、

「片桐、勝負！」

と、声をかけた。

片桐は、市之介の前に立った。垂れた長髪が頰の辺りまで、覆っていた。市之介を見すえた双眸が、切っ先のようにひかっている。夜叉でも思わせるような不気味な顔である。

4

市之介と片桐の間合は、三間ほどだった。ふたりは右手を刀の柄に添えていたが、身構えたままである。

一方、糸川は市之介たちの右側に移動し、平塚と対峙《たいじ》した。平塚の後方左手に、佐々野がまわり込んでいる。路地は広くなかったので、佐々野の立っている場は、雑草におおわれていた。ただ、丈の低い雑草なので、足をとられるようなことはないだろう。

茂吉は道場の脇から、市之介たちの闘いの様子を見ていた。手に、小石を握りしめている。様子を見て、敵に投げ付けるつもりなのだろう。

「今日こそ、おれの突きで、仕留めてくれる」

言いざま、片桐が抜刀した。

すかさず、市之介も刀を抜いた。そして、青眼《せいがん》に構えると、剣尖《けんせん》を片桐の目線につけた。腰の据わった隙のない構えである。

片桐も青眼に構えたが、すぐに刀身を下げ、切っ先を市之介の臍《へそ》の辺りにむけた。低い青眼で、切っ先が市之介の刀身の下にむけられている。

……絡め突きか！

市之介が、胸の内で声を上げた。

片桐の低い構えだと、真っ向や袈裟《けさ》に斬り込むのはむずかしい。大きく刀を振り上げてから斬り込まねばならず、斬撃が後れるのだ。ただ、その構えからの突きは別である。胸から下を突くことができ、躱《かわ》すのも受けるのもむずかしい。

「おれの突きを受けてみるか」

片桐は声を上げ、全身に気勢を漲《みなぎ》らせた。そして、斬撃の気配を見せて気魄《きはく》で攻めてきた。

対する市之介も全身の気勢を込め、気魄で攻めた。ふたりは、対峙したまま動かなかった。気の攻防といっていい。

そのとき、糸川と平塚の鋭い気合がひびき、足で地面を蹴る音がした。次の瞬間、キーン、という刀身の弾き合う甲高い音がひびいた。糸川と平塚が、ほぼ同時に斬り込んだらしい。

糸川と平塚は斬り込んだ後、大きく後ろに跳んだ。そして、ふたたび三間ほどの間合をとって対峙した。ふたりとも、敵刃を浴びた様子はなかった。

このふたりの動きに誘発されたように、片桐が動いた。

「いくぞ！」

と、声をかけ、足裏を摺《す》るようにして、市之介との間合を狭めてきた。

市之介は、動かなかった。青眼に構えた剣尖を片桐の目線につけたまま気を鎮め、片桐の斬撃の気配と両者の間合を読んでいる。

斬撃の間境まで、あと一間――。あと半間――。ふたりの間合が狭まるにつれ、片桐の全身に、斬撃の気が高まってきた。

対する市之介は、気を鎮めたまま片桐の仕掛けを読んでいる。

市之介が斬撃の間境まで、あと一歩と読んだとき、ふいに、片桐の寄り身がとまった。

片桐は斬撃の間境に踏み込む前に、市之介の気を乱そうと思ったらしい。

イヤアッ！

突如、片桐が裂帛《れっぱく》の気合を発した。気合で威嚇《いかく》し、市之介を動揺させようとしたようだ。

だが、気合を発したことで、片桐の剣尖が揺れ、突きを放つ構えがかすかに乱れた。この一瞬の隙を市之介がとらえた。

タアッ！

鋭い気合を発し、市之介が斬り込んだ。

青眼から袈裟へ——。

神速の一撃である。

咄嗟《とっさ》に、片桐は身を引いた。だが、市之介の鋭い斬り込みを、片桐はかわしきれなかった。

市之介の切っ先が、片桐の左の肩先をとらえた。ザクリ、と小袖が裂け、あらわになった肩先に血の線が浮いた。だが、浅手である。

片桐は市之介との間合があくと、ふたたび低い青眼に構え、つつッ、と擦り足で間合を狭めてきた。

咄嗟に、市之介は青眼に構え、切っ先を片桐の目線につけた。

そのとき、片桐の全身に斬撃の気がはしり、市之介の目に、片桐の体が飛び込んでくるように映じた。

シャッ、という刀身と刀身の擦れるような音がした。次の瞬間、片桐の切っ先が槍の穂先のように突き出された。

……絡め突きだ！

市之介が胸の内で叫んだ。

片桐の切っ先が、市之介の刀身を押さえながら絡めるように伸びてきた。咄嗟に、市之介は体を右手にかたむけた。受けることも躱すこともできないと感知し、体が勝手に反応したのだ。

片桐の切っ先は、市之介の左袖を突き刺した。市之介は、そのまま右手に倒れた。そして、地面を転がり、片桐から離れた。すぐに起き上がると、片桐の二の太刀を浴びるとみたのである。

市之介は片桐から離れたところで、立ち上がった。そして、青眼に構えると、切っ先を片桐の目線につけた。

市之介の斬り裂かれた左袖に血の色があった。片桐の切っ先を浴びたらしい。だが、浅手だった。左腕は自在に動く。

片桐は低い青眼に構え、切っ先を市之介の臍の辺りにむけ、

「何とか、おれの突きをかわしたな」

と、口許に薄笑いを浮かべて言った。

だが、市之介にむけられた双眸は、笑っていなかった。垂れた髪の間から市之介を見つめた双眸は、獲物にむけられた蛇のようである。

このとき、糸川と平塚は、およそ三間ほどの間合をとって対峙していた。ふたりは、相青眼に構えている。

平塚の後方左手に、佐々野がまわり込んでいた。佐々野は、平塚との間合をすこし狭めている。平塚が隙を見せたら斬り込むつもりらしい。

糸川と平塚はすでに一度斬り合っていたが、ふたりとも無傷だった。

平塚は、左手後方にいる佐々野が気になっていた。佐々野のいる場から斬り込まれると、躱すのが難しいのだ。

「いくぞ！」

糸川が声をかけ、趾《あしゆび》を這うように動かし、ジリジリと平塚との間合を狭め始めた。

対する平塚は、動かなかった。青眼に構えたまま、ふたりの間合と糸川の気の動きを読んでいる。

すると、佐々野も動いた。糸川と呼応するように、すこしずつ平塚との間合を狭め始めたのだ。

平塚は佐々野が間合を狭めてきたのを目にすると、右手に動いた。佐々野を斬撃の間合に入らせないようにしたのだ。

糸川は平塚の動きを見て、寄り身を速くした。一気に、一足一刀の斬撃の間境に迫っていく。

イヤアッ！

突如、平塚が裂帛の気合を発した。気合で威嚇し、糸川の寄り身をとめようとしたのだ。

だが、この気合を発したことで、平塚の青眼に構えた切っ先が揺れ、一瞬、正面に隙が生じた。

この隙を、糸川がとらえた。一歩踏み込みざま、タアッ！　と鋭い気合を発して、斬り込んだ。

青眼から真っ向へ――。神速の斬撃だった。

だが、平塚も遣い手である。咄嗟に、刀身を振り上げて糸川の斬撃を受けた。

甲高い金属音がひびき、青火が散って、ふたりの刀身は合致したまま動きをとめた。鍔迫《つばぜ》り合《あ》いである。

そのとき、佐々野が平塚の左手後方から迫った。平塚は迫ってくる佐々野の足音を耳にすると、鍔迫り合いをしている刀を強く押しざま身を引いた。そして、右手に跳んだ。

だが、無理な動きだったため、平塚の攻撃をかわそうとしたのだ。

背後からくる佐々野の攻撃をかわそうとしたのだ。


だが、無理な動きだったため、平塚の体勢がくずれた。この一瞬の隙を、糸川がとらえた。

タアッ！

鋭い気合を発して、糸川が斬り込んだ。

青眼から袈裟へ――。素早い太刀《たち》捌《さば》きである。

ザクリ、と平塚の小袖が、肩から胸にかけて裂けた。あらわになった胸から血が迸《ほとばし》り出た。

平塚は、呻《うめ》き声を上げてよろめいた。そこへ、左手後方から踏み込んできた佐々野が、鋭い気合を発しざま斬り込んだ。

佐々野の切っ先が、平塚の首をとらえた。次の瞬間、血が激しく飛び散った。首の血管《ちくだ》を斬ったらしい。

平塚は血を撒《ま》きながらよろめいたが、足がとまると、腰から崩れるように転倒した。俯《うつぶ》せに倒れた平塚は、身を捩《よじ》るように動かしたが、首を擡《もた》げることもできなかった。平塚の周囲が、血で真っ赤に染まっていく。

このとき、片桐は絡め突きをはなつ構えをとり、市之介と対峙していたが、目の端で平塚が斬られたのを目にすると、後じさり、

「勝負あずけた！」

と声をかけ、反転して走りだした。抜き身を手にしたままである。

「待て！」

市之介は片桐の後を追った。

だが、すぐに足がとまった。片桐の逃げ足が速く、追いつきそうもなかった。

それに、市之介は、片桐の跡を尾けていく茂吉の姿を目にしたのだ。

市之介は、茂吉が片桐の行き先をつきとめてくれれば、いずれ片桐を討つことができると踏んだのである。

市之介は、糸川と佐々野のそばに近寄り、俯せに倒れている平塚に目をやった。

すでに、平塚は死んでいた。横たわっている平塚のまわりが、赤い布をひろげたように真っ赤に染まっている。

「みごと、平塚を討ったな」

市之介はそう言った後、「おれは、片桐に逃げられたよ」と小声で言い添えた。

市之介の声には、残念そうなひびきがあった。

「なに、片桐も近いうちに討てるさ。やつには、ここの道場ぐらいしか行き場はないからな」

糸川が言った。

それから、市之介たちは、平塚の死体を道場の隅まで運んだ。道端に置いたままでは、行き交う者の目に触れるからだ。

市之介たちは、樹陰のそばにもどり、茂吉がもどってくるのを待った。それから、小半刻（三十分）ほどして、茂吉が帰ってきた。

「片桐の行き先は、知れたか」

すぐに、市之介が訊いた。

「それが、途中で見失っちまったんでさァ」

茂吉が渋い顔をして話したことによると、片桐は富沢町と高砂町の町境の道に入り、いっとき歩いてから右手に折れたという。

「そこに、細い路地がありやしてね。あっしは、急いで、その路地まで行ったんでさァ。……ところが、片桐の姿が見えねえ」

茂吉は、慌てて近くを探したが、それっきり片桐を目にすることはなかったという。

「まかれたのか」

片桐は尾行者に気付き、路地を利用してまいたようだ、と市之介はみた。

「そのようで……」

茂吉が首をすくめて言った。

5

市之介は庭に面した座敷で、おみつの淹れてくれた茶を飲んでいた。四ツ（午前十時）ごろだった。珍しく、庭で茂吉が植木の剪定《せんてい》でもしているらしく、枝を切る音が聞こえてきた。

市之介と糸川たちで、平塚を討って三日経っていた。この日、市之介は屋敷内でくつろいでいたのだ。

そのとき、慌ただしそうに廊下を歩く音がし、おみつが顔を出した。

「兄上と佐々野さまが、みえてます」

おみつが、言った。

「何かあったのかな」

市之介は、ふたりから何の話も聞いていなかった。

「ここに通してくれ」

市之介が言った。

おみつは廊下にもどり、玄関へむかった。かすかに、おみつと糸川らしい男の声が聞こえ、いっときすると、廊下を歩く足音がした。

おみつは、糸川と佐々野を座敷に案内すると、「お茶を、お淹れします」と言い残し、すぐに奥へむかった。おみつも、糸川たちの様子から、大事な話があって来たと察知したらしい。

市之介は、糸川と佐々野が対座するのを待って、

「何かあったのか」

と、訊いた。

「一昨日、御目付の大草さまからお屋敷に来るようにとの仰せがあり、佐々野とふたりで、大草さまとお会いしたのだ」

そう前置きし、糸川が話しだした。

大草は、御納戸組頭の北村彦七郎に訊きたいことがあるので、屋敷に来るよう命じたという。

ところが、北村は病を理由に大草家の屋敷に姿を見せなかったそうだ。大草は北村が病と偽って大草の訊問を逃れようとしているとみて、他の御徒目付に北村の様子を探らせたという。

「大草さまの話だと、北村は屋敷から姿を消したようなのだ」

糸川が言った。

「姿を消しただと」

思わず、市之介が聞き返した。

「北村は屋敷を出たまま、帰らないらしい。いまのところ、行き先も分からないのだ」

「伯父上の訊問を逃れるために、姿を消したのか」

「まちがいない。北村は、時が経てば、御用達は松乃屋に決まり、騒ぎも収まるとみて姿を消したのではないかな」

「そうかもしれぬ」

だが、事件の裏で糸を引いている北村が捕らえられなければ、始末はつかない、と市之介は思った。

「それで、大草さまは、北村の隠れ家をつきとめて、身柄をおさえるよう、おれたちに命じられたのだ」

糸川が厳しい顔をして言った。

「隠れ家をつきとめるといっても、何か手立てがあるのか」

「北村の家族か、北村家に仕える者に訊くしかないな」

「家族に訊くのは、むずかしいぞ」

市之介が言った。北村は口止めして屋敷を出たはずである。

「長く奉公している用人か、若党なら知っているのではないか」

「ともかく、北村家にあたるしかないな」

市之介は、北村家の屋敷を見張り、北村の隠れ家を知っていそうな者から話を聞くしかないと思った。

「さっそく、今日から北村家の屋敷にあたるか」

糸川が、腰を上げた。

そのとき、障子があいて、おみつとつるが座敷に入ってきた。おみつが、湯飲みを載せた盆を手にしていた。市之介たち三人に茶を淹れてくれたらしい。

「母上、おみつ、急用のため、すぐに行かねばならないのだ」

市之介が言った。今から、茶を飲んでいる間はなかった。糸川と佐々野は腰を上げ、座敷から出ようとしている。

「で、でも、お茶ぐらい……」

つるが、戸惑うような顔をして言った。

「お茶を飲んでいると、咎人《とがにん》に逃げられます」

そう言って、市之介も糸川たちにつづいて座敷を出ようとした。

「まァ、このひとたちは……」

つるは市之介たちをそれ以上引きとめず、おみつとふたりで、玄関まで見送りに出てきた。

市之介は玄関を出たところで、茂吉を呼んだ。茂吉は北村家の屋敷がどこにあるか知っていたのだ。

すぐに、茂吉は庭の方から姿を見せた。

「あっしの出番のようで」

茂吉が、目をひからせて近付いてきた。庭先で市之介たちのやり取りを耳にしていたようだ。

市之介たち四人は、屋敷の門から出ると、北村家の屋敷のある神田小川町にむかった。四人は、神田川沿いの道に出ると、西にむかい、昌平橋を渡った。そして、大名屋敷や旗本屋敷のつづく通りに入ったところで、茂吉が先に立った。

茂吉の先導で、市之介たちは神田小川町の通りに入った。そこは、通り沿いに旗本屋敷がつづいていた。

茂吉は旗本屋敷のつづく通りをいっとき歩いた後、路傍に足をとめ、

「その屋敷でさァ」

と言って、斜向《はすむ》かいにある旗本屋敷を指差した。

表門は片番所付の長屋門だった。屋敷は、築地塀でかこわれている。

「どうする」

糸川が訊いた。

「屋敷内に入るわけにはいかないな。屋敷に奉公する者に訊くしかないが……」

市之介は通りの左右に目をやった。その場に立っているわけにはいかなかったので、身を隠す場所を探したのである。

「そこの塀の陰は、どうだ」

市之介が、北村家の屋敷の斜向かいにある旗本屋敷を指差した。その屋敷も、北村家と禄高はあまり変わらないらしく、同じような築地塀でかこわれていた。

「あそこなら、北村家の門が見えるな」

糸川が言った。

市之介たちは、旗本屋敷の築地塀に身を隠した。そして、塀の陰から北村家の表門に目をやった。話の聞けそうな奉公人が出てくるのを待つのである。

6

「四人もで雁首揃えて、屋敷を見張っていることはないな」

市之介が通りに目をやりながら言った。

「北村家の様子を訊いてみるか」

糸川が通りに目をやって言った。

通りに、供連れの武士や近くの屋敷に奉公していると思われる中間《ちゅうげん》などが通りかかった。

「あっしが、あの中間に訊いてきやす」

茂吉が、ふたり連れの中間を目にとめて言った。ふたりは、何やら話しながらこちらに歩いてくる。

茂吉は築地塀の陰から出ると、ふたりの中間に声をかけた。そして、ふたりといっしょに歩きながら何やら訊いていた。

茂吉は中間たちと話しながら一町ほど歩いたところで足をとめ、小走りにもどってきた。

「何か知れたか」

すぐに、市之介が訊いた。

「へい、北村は屋敷を出ているようですぜ。話を訊いた中間は、北村家で奉公している中間から聞いたと言ってやした」

「北村は屋敷を出て、どこへ行ったのだ」

肝心なのは、北村の行き先だった。

「それが、ふたりとも知らねえんでさァ」

「うむ……」

市之介は渋い顔をした。北村が屋敷を出ていることは分かっていた。知りたいのは、身を隠している場所である。

それから、一刻（二時間）ほど経ったろうか。北村家の屋敷からは、だれも出てこなかった。話の聞けそうな者も通りかからない。

「駄目か……」

市之介が生欠伸《なまあくび》を嚙み殺して言った。

そのとき、北村の屋敷の表門の脇のくぐりから、人影が出てきた。羽織袴姿で二刀を帯びていた。若党であろうか。

「おれが、話を訊いてみる」

市之介は、若党が近付くのを待って築地塀の陰から出た。

「しばし、しばし」

市之介は若党に声をかけた。まだ、二十歳前後と思われる若い武士である。

「それがしで、ござるか」

若党が足をとめた。

「いま、おぬしが北村どのの屋敷から出てきたのを目にしたのだ。それがし、北村どのと同じ御納戸で奉公したことがあってな。屋敷の近くを通りかかったので、訪ねてみようかと思って、来てみたのだ」

市之介が、懐かしそうな顔をして話した。

「と、殿は今……」

若党は、言いにくそうな顔をした。

「北村どのに、何かあったのか」

市之介が身を乗り出すようにして訊いた。

「殿は、お屋敷におられないのです」

「いないのか。登城して、まだ帰らないのだな」

「登城ではなく、出かけているのです」

「どこへ、出かけたのだ」

市之介は執拗《しつよう》に訊いた。

「それが……」

若党の顔に、困惑の色があった。奉公先の当主の北村の知己に、素っ気ない態度も見せられないと思ったのだろう。

「呉服屋の松乃屋ではないか。おれは、北村どのと同じ御納戸の組頭をしたことがあるので、北村どのが、いま何を進めているかよく知っているのだ」

市之介は、世間話でもするような口調で言った。

若党の顔から戸惑うような色が消え、

「殿は松乃屋さんに行かれました」

と言って、歩きだしたいような素振りを見せた。いつまでも、その場に立って話しているわけにはいかないと思ったのかもしれない。

市之介はゆっくりと歩きながら、

「松乃屋に行けば、会えるな。帰りに立ち寄ってみるか」

と、若党に言った。

若党は市之介と肩を並べて歩きながら、

「殿は、松乃屋にはいないはずです」

と、小声で言った。

「おぬし、いま、松乃屋に行ったと口にしたではないか」

「そ、それが……」

「北村どのは、どこにいるのだ」

市之介は、語気を強くして訊いた。

「い、隠居所と聞きました、松乃屋の……」

若党は困惑したような顔をして言った。声が震えている。口止めされていることを話したのかもしれない。

「どういうことだ、松乃屋の隠居所にいるとは」

市之介は、驚いたような顔をした。

「殿はお体を悪くして、しばらく松乃屋の隠居所を借りて養生されるとか」

若党はそれだけ言うと、市之介から逃げるようにその場を離れた。

「それがし、このまま帰ることにする」

市之介は、若党に聞こえるように声を大きくして言った。そして、足早に糸川たちのいる場にもどった。

市之介は、若党とのやりとりを糸川たちにかいつまんで話した後、

「北村は、松乃屋の隠居所に身を隠しているらしい」

と、言い添えた。

「隠居所へ行けば、北村が捕らえられるな」

糸川が、意気込んで言った。

7

市之介たちは、すぐに本石町にむかった。松乃屋の者に、隠居所のある場所を

訊くためである。

市之介たちは来た道を引き返し、昌平橋のたもとに出てから中山道を南にむかった。そして、本石町二丁目の表通りに入り、松乃屋の近くまで来て足をとめた。

松乃屋は店をひらいていた。繁盛しているらしく、客が頻繁に出入りしている。その客を送りだす手代の姿も見られた。

「あっしが、訊いてきやしょう」

そう言って、茂吉がその場を離れ、松乃屋の店先に近付いた。

茂吉は店先まで客を送り出した手代をつかまえ、何やら話していたが、すぐにもどってきた。

茂吉は市之介たちの前に立ち、

「松乃屋の隠居所は、浅草駒形町《あさくさこまがたちょう》にあるそうでさァ」

と言った後、手代から聞いたことを話した。

隠居所は、松乃屋の先代が隠居するおりに建て、先代が亡くなった後は空き家になっているという。大川端の景色のいい場所に、建てられているそうだ。

「駒形町に行くのは、明日にするか」

市之介が西の空に目をやって言った。

陽は家並の向こうに沈みかけていた。あと、半刻（一時間）もすれば、石町《こくちょう》の暮れ六ツ（午後六時）の鐘が鳴るだろう。

市之介たちは来た道を引き返し、それぞれの屋敷に帰ることにした。

翌朝、市之介たち四人は、和泉橋のたもとに顔をそろえた。薄曇りだが、雨の心配はなさそうだ。

市之介たちは神田川沿いの道を東にむかい、浅草橋のたもとまで来ると、日光街道を北にむかった。

日光街道は、賑わっていた。街道は浅草寺の門前通りにもつながっているため、街道を旅するひとの他に参詣客も多かったのだ。

市之介たちは、浅草御蔵の前を通り過ぎ、諏訪町《すわちょう》に入って間もなく、右手の道に入った。その道は、大川端の通りに突き当たる。

市之介たちがいっとき歩くと、前方に大川の川面が見えてきた。客を乗せた猪《ちょ》牙舟《きぶね》、荷を積んだ茶船などが行き交っている。

市之介たちは大川端に出ると、川沿いの道を北にむかった。諏訪町の先が、駒形町である。駒形町に入り、大川にかかる吾妻橋《あづまばし》が近くに見えてきたところで、市之介たちは足をとめた。

この辺りで、松乃屋の隠居所がどこにあるか、土地の者に訊いてみようと思ったのだ。

「手分けして探すか」

市之介が言った。

「そうだな」

糸川が応えた。半刻（一時間）ほどしたら近くにある船宿の前にもどることにして、市之介たちはその場で分かれた。

ひとりになった市之介は、しばらく川上にむかって歩いてから、通り沿いにあった八百屋に立ち寄り、店先にいた親爺に、

「この辺りに、隠居所はないか」

と、訊いてみた。

「だれの隠居所です」

親爺が訊いた。

「呉服屋の隠居が住んでいたらしい」

「その隠居所なら、この先にありやしたが、いまは空き家でさァ」

親爺が川上を指差し、「この道を三町ほど歩くと、川沿いに隠居所がありやす」

と言い添えた。

「行ってみるか」

市之介は八百屋の店先から離れ、川上にむかって歩いた。

三町ほど行くと、路傍に茂吉が立っていた。通りの左手を覗くように見ている。

そこには松や桜などが植えられ、その先に板塀をめぐらせた仕舞屋《しもたや》があった。

市之介が近付くと、茂吉が視線の先を指差し、

「あれが、隠居所でさァ」

と言った。指差した先に、板塀をめぐらせた仕舞屋がある。

「ここだな、北村が身を隠しているのは」

市之介は、茂吉に仕舞屋から離れるように話し、ふたりして下流の方にすこし移動した。仕舞屋にいる者に、姿を見られたくなかったのだ。

「旦那、糸川と佐々野の旦那ですぜ」

茂吉が、通りの先を指差した。

見ると、糸川と佐々野が足早に歩いてくる。市之介は糸川たちが近付くのを待ち、

「あれが、隠居所らしい」

と、仕舞屋を指差して言った。

「北村はいるのか」

糸川が訊いた。

「まだ、分からぬ」

市之介が言うと、そばにいた茂吉が、

「あっしが見てきやしょう」

と言って、すぐにその場を離れた。

茂吉は、仕舞屋の住人の目にとまらないように松や桜などの樹陰に身を隠しながら、仕舞屋に近付いた。

茂吉は、仕舞屋の戸口の脇に身を寄せて、家のなかの様子を窺っているようだったが、いっときするとその場を離れ、市之介たちのそばにもどってきた。

「いやした、北村が！」

茂吉が昂った声で言った。

「いたか」

「へい、家のなかから、北村さまと呼ぶ声が聞こえやした」

茂吉によると、男のしゃがれた声だったという。

「下働きかな」

「あっしも、そうみやした」

「他にも誰かいるかもしれぬが、ここにいる四人で北村を押さえられそうだ」

市之介が言うと、糸川と佐々野がうなずいた。

8

市之介たち四人は、足音を忍ばせ、隠居所の戸口に近付いた。戸口の板戸に身を寄せると、なかから話し声が聞こえた。話しているのは、武士と町人らしかった。北村と下働きであろう。

「踏み込むぞ」

市之介が声を殺して言い、板戸をあけた。

土間の先に狭い板間があり、その奥の座敷にふたりの男がいた。武士と老齢の町人である。

「な、何の用だ！」

武士が、目をつり上げて訊いた。

四十がらみであろうか。大柄で、赤ら顔をしていた。小袖に角帯姿で、湯飲みを手にしていた。茶を飲んでいたらしい。

「北村どの、御同行願いたい」

市之介が北村の名を出して言った。

「なにやつだ！」

武士が、昂った声で誰何《すいか》した。北村という名を否定しなかったことからみて、北村とみていいようだ。

老齢の男は、急須を手にしていた。北村に茶を淹れ、そのまま話し込んでいたらしい。

「目付筋の者だ。……北村どの、御同行願いたい」

糸川が、北村を見すえて言った。

「なに！　目付筋だと」

言いざま、北村は傍らに置いてあった刀を手にして立った。歯向かう気らしい。

老齢の男は、悲鳴を上げて座敷の隅に逃げた。

市之介は北村が刀を抜いたのを見ると、すぐに抜刀して、刀身を峰に返した。峰打ちにするつもりだった。

「お、おれを、どうする気だ」

北村が、声をつまらせて訊いた。

「おれたちといっしょに来てもらう」

言いざま、糸川が座敷に上がった。つづいて、市之介も刀を手にしたまま踏み込んだ。

「うぬらと、行く気はない」

言いざま、北村は手にした刀の切っ先を糸川にむけた。

すかさず、市之介は糸川の前にまわり込んだ。

「き、斬るぞ！」

叫びざま、北村が踏み込んできた。

市之介は手にした刀を引いて、脇構えにとった。正面に隙を見せたのである。

その隙に誘われるように、北村は甲走った気合を発して、斬り込んできた。

手にした刀を振り上げて、真っ向へ――。

市之介は、北村が刀を振り上げ、胴があいた一瞬をとらえた。踏み込みざま、刀身を横に払った。神速の太刀捌きである。

市之介の刀身が、北村の腹を強打した。峰打ちである。

グワッ、という呻き声を上げ、北村は前に泳いだが、足がとまると、その場にうずくまった。左手で腹を押さえている。

「茂吉、縄をかけてくれ」

市之介が戸口にいる茂吉に声をかけた。

「合点だ！」

茂吉はすばやく座敷に踏み込み、用意した細引で、呻き声を上げている北村の両腕を後ろにとって縄をかけた。そして、騒ぎ立てないよう猿轡《さるぐつわ》もかました。手際がいい。

「この男にも、縄をかけよう」

糸川が、土間で身を震わせていた初老の男にも縄をかけた。外に飛び出して騒ぎたてないようにしたのだ。

市之介たちは、縄をかけたふたりを家の外に連れ出すと、できるだけ人目に触れないように、人気《ひとけ》のすくない裏路地や新道などをたどり、佐々野の屋敷の納屋に連れていった。北村を御目付の大草に引き渡す前に、話を訊いてみようと思ったのだ。納屋には、先に捕らえた弥三郎と寅次郎が監禁してあったが、ふたりは外に連れ出した。

市之介たちは、北村が大草に引き渡された後、弥三郎と寅次郎を町方に引き渡すつもりでいた。町方も高倉屋の庄右衛門殺しの探索にあたっているので、弥三郎たちを引き取るはずだ。

また、北村といっしょに連れてきた初老の男は、事情を訊いた後、事件とのかかわりがなければ、放免するつもりだった。

薄暗い納屋の土間に座らされた北村は、

「こ、ここは、どこだ」

と、声を震わせて訊いた。

「納屋だ。……おれたちは、簡単に話を訊くだけだ」

糸川がそう言った後、

「屋敷内で、松乃屋の寅次郎と会っていたな」

と、切り出した。

「し、知らぬ」

「隠しても、どうにもならないぞ。おれたちは、寅次郎がおぬしの屋敷に出入りしているのを目にしているのだ」

「……！」

北村の顔が、厳しくなった。

「松乃屋のあるじの駒蔵とも会っているな」

糸川は、駒蔵が事件とどの程度かかわっているか知りたかったのだ。

「会ったことはある」

北村は隠さなかった。松乃屋とのことは、隠す必要はないと思ったのかもしれない。

「おぬしや平塚たちと接触し、事件に直接かかわっていたのは、次男の寅次郎だが、あるじの駒蔵や長男の新太郎も、何かかかわっていたはずだ」

「駒蔵と長男の新太郎が屋敷に来て、御用達の件で話したことはある」

「どんな話だ」

「御用達になれるように、手を貸してほしいと言われたが、おれにはそんな力はないと言っておいたよ」

北村の顔に薄笑いが浮いたが、すぐに消えた。自分が置かれている状況を自覚したのだろう。

「おぬしに力はないが、松乃屋を御用達にするために打つ手はある」

「うむ」

北村が、口をつぐんで糸川を見た。

「おぬしは、松乃屋から得た金を使って、上役の御納戸頭や幕閣にも働きかけることができる」

「……！」

北村があらためて糸川の顔を見た。顔が強張っている。

「後は、大草さまにお任せしよう」

そう言って、糸川は身を引いた。

糸川が、この場で北村から訊いたことは、北村の身柄が引き渡されるおりに大草に伝えられるはずだ。

第六章　死闘

1

市之介、茂吉、糸川の三人は、富沢町へ行くつもりで浜町堀沿いの道を歩いていた。前方に浜町堀にかかる栄橋が見えてきた。この辺りから、通りの右手に富沢町がひろがっている。

市之介たちには、まだ片桐平次郎が残っていた。片桐を討たねば、事件の始末はつかない。

佐々野を連れてこなかったのは、相手が片桐ひとりだったので、武士が三人もでくる必要はないと思ったからだ。

「まず、崎島道場を見てみるか」

市之介が言った。

「そうだな」

糸川がうなずいた。

市之介たちは見覚えのあるそば屋、笹嘉の前を通り、二町ほど歩いてから右手の道に入った。その道沿いに、崎島道場がある。

通りの先に、崎島道場が見えてきた。稽古はしてないらしい。稽古のおりの竹刀を打ち合う音や気合は、かなり遠方でも耳にとどくのだ。

市之介たちは、道場の前まで行ってみた。道場はひっそりとして、床を踏む音も人声も聞こえなかった。だれもいないようだ。

「近所で、話を聞いてみるか」

市之介は、通りの先に目をやった。

一町ほど先に、八百屋があった。店先で親爺らしい男が、子連れの女と話している。女は野菜を買いにきて、親爺と立ち話を始めたらしい。

「あっしが、聞いてきやしょう」

すぐに、茂吉が八百屋に足をむけた。

市之介は、こうした聞き込みは、茂吉にまかせておけばいい、と思い、道場の前に立ったまま茂吉に目をやっていた。

茂吉は八百屋の親爺と話をしていたが、いっときすると店先を離れ、小走りに市之介たちのところへもどってきた。

「何か知れたか」

市之介が訊《き》いた。

「へい」

「話してくれ」

「親爺は、片桐のことを知ってやしてね。三日前に、片桐がここを通ったと言ってやしたぜ」

「三日前な。……まだ、片桐はこの辺りにいるとみていいな」

「どうする」

糸川が訊いた。

「崎島どのに、訊いてみるか」

市之介は、道場主の崎島なら片桐の居所を知っているのではないかとみた。

「おれは、ここにいて、門弟らしい男が通ったら話を訊いてみる。三人もで、崎島どののところへ行くことはないからな」

そう言って、糸川はその場に残った。

市之介は茂吉を連れ、道場の脇の細道をたどり、竹藪のなかを抜けて崎島の住む家の前に行った。

家はひっそりとして、戸口の板戸はしまっていた。ただ、家のなかに誰かいるらしく、床板を踏むような音がかすかに聞こえた。

市之介は戸口の板戸をあけ、

「崎島どの、おられるか」

と、声をかけた。

すると、戸口に近寄ってくる足音がし、初老の女が顔をだした。崎島の妻女らしい。

「それがし、青井市之介ともうします。崎島どのは、おられようか」

市之介は名乗ってから訊いた。

そのとき、奥から近付いてくる足音が聞こえ、崎島が顔を出した。

「青井どのか」

崎島が言った。

「お聞きしたいことがあってまいったのです。すぐ、済みますから」

そう言って、市之介は戸口から離れたいような素振りを見せた。妻女を煩わせたくなかったので、外で話そうと思ったのだ。

「そうか」

崎島は、土間に置いてあった下駄をつっかけて外に出てきた。

戸口から離れたところで、

「片桐どのと、どうしても立ち合わねばなりません。片桐どのの居所を御存知だったら教えていただきたいのですが」

「うむ……」

崎島は渋い顔をして黙考していたが、

「近ごろ、片桐は道場に姿を見せぬようだ。……富沢町におるなら、女を囲っている家だろうな。片桐は、そこしか居場所はないはずだ」

と、虚空を見つめて言った。

市之介が、崎島に頭を下げ、その場から立ち去ろうとすると、

「待て」

崎島が市之介をとめ、

「片桐の遣う絡め突きと、勝負することになるな」

と、静かだが重いひびきのある声で言った。

「はい」

「そのときは、間合を遠くとるといい。わずかでいい。一寸ほどの差で、絡め突きを躱すことができるはずだ」

「……」

市之介はその場に立ったまま、脳裏に片桐の遣う絡め突きの刀法を描いてみた。そして、ふたりの太刀《たち》捌《さば》きを思い浮かべた。

「心得ました」

市之介は崎島に頭を下げた。崎島の言うように一寸ほどの差で、絡め突きを躱せるような気がしたのだ。

市之介と茂吉が道場の前にもどると、糸川が待っていた。

「片桐の居所は、分からん」

糸川が渋い顔をして言った。

「崎島どのの話では、片桐は情婦《いろ》のところにいるらしい」

市之介が言った。

2

市之介たちは、富沢町と高砂町の町境の道を西にむかった。片桐の情婦の住む借家にいくつもりだった。そこに、片桐は身を隠しているらしい。

茂吉が歩きながら、

「旦那、一膳めし屋ですぜ」

と言って、通り沿いにある一膳めし屋を指差した。その店の裏手に通じている路地の先に妾宅《しょうたく》はあるのだ。

「行ってみよう」

市之介たちは、一膳めし屋の裏手に通じている路地に入った。しばらく歩くと、太い欅《けやき》が路地沿いで枝葉を茂らせていた。その木の脇に、片桐の妾の住む家があった。家の前が狭い空き地になっている。

「片桐は、いるかな」

糸川が言った。

「いるはずだが」

市之介たちは、空き地のなかの小径《こみち》をたどって妾宅に近付いた。

戸口の板戸の前まで来ると、市之介は足をとめた。後続の糸川と茂吉も、市之介からすこし間をとって立っている。

家のなかからかすかに床板の上を歩くような足音が聞こえたが、男か女かも分からない。

足音につづいて、障子をあけるような音がし、「茶がはいりましたよ」という女の声が聞こえた。

……片桐はいる！

と、市之介はみた。女が声をかけたのは、片桐にちがいない。

市之介は戸口から身を引き、足音をたてないようにその場を離れた。糸川と茂吉は、市之介についてきた。

市之介は妾宅からすこし離れたところで足をとめ、

「片桐はいたな」

と、糸川に言った。

糸川は無言でうなずいた。

市之介は、妾宅の周辺にあらためて目をやった。立ち合いの場所を探したのである。家の前が空き地になっていて雑草が生い茂っていた。

……足場が悪い。

と、市之介はみた。雑草に足をとられて、素早い動きはできないはずだ。条件は、片桐も同じだが、できれば足場のいい場所で立ち合いたい。

市之介は、片桐を路地まで連れ出して闘うしかないと思った。

「片桐を路地に連れ出して立ち合う。糸川と茂吉は、近くに身を隠していてくれ」

市之介は、ふたたび妾宅の戸口に足をむけた。

糸川と茂吉は路地にもどり、路傍の樹陰に身を隠した。

市之介が板戸に身を寄せると、片桐と女の声が聞こえた。茶を飲みながらふたりで話しているらしい。

市之介は板戸をあけた。狭い土間の先が、すぐに座敷になっていた。そこに、片桐と女の姿があった。

片桐はいきなり入ってきた市之介を見て、湯飲みを手にしたまま目を剝いた。脇に座していた女も、驚いたような顔をして市之介を見つめている。

「青井か！」

片桐が声高に言った。

「お、おまえさん、この男《ひと》は」

女が、声をつまらせて訊いた。

「おれを尾《つ》けまわしている男だ」

片桐が顔をしかめた。

「片桐、表へ出ろ。それとも、ここでやるか」

市之介が、片桐を見すえて言った。家のなかの狭い場所では、片桐の絡め突きは遣いづらいはずだ。市之介も、刀を存分にふるうことはできない。

片桐はためらうような顔をしたが、

「よかろう」

と言って、傍らに置いてあった大刀を手にして立ち上がった。

「おまえさん、やめておくれ」

女が片桐の袖を摑んで言った。

「おさわ、ここで茶でも飲みながら待っていろ。すぐに、こやつを始末してもどる」

片桐が薄笑いを浮かべて言った。女の名は、おさわらしい。

市之介は、体を片桐にむけたまま敷居を跨《また》いで外に出た。そして戸口から離れると、片桐が外に出るのを待って、空き地のなかの小径をたどって路地へ出た。片桐は市之介につづいて路地に出た。そのとき、片桐が背後を振り返った。後方にいる糸川に気付いたらしい。糸川は樹陰から出て、片桐の後方にまわったのだ。

茂吉は姿を見せなかった。どこかに身を隠しているにちがいない。片桐が逃げ出すようなら、跡を尾けて行き先をつきとめるはずだ。

「騙し討ちか！」

片桐が顔を怒りに染めて言った。

「糸川は、おぬしの逃げ道を塞いだのだ。臆病風に吹かれて、いつ逃げ出すか分からないからな」

市之介は右手を刀の柄に添え、左手で刀の鍔元を握って鯉口を切った。抜刀体勢をとったのである。

するると、片桐も抜刀体勢をとり、

「いくぞ！」

と、声をかけて抜刀した。

そのとき、近くにいた職人ふうの男が、片桐の手にした刀を見て、「斬り合いだ！」と叫び、その場から逃げだした。近くにあった店の前にいた男も、慌てて店のなかに飛び込んだ。巻き添えを食うのを恐れたのである。

市之介も刀を抜いた。そして、青眼《せいがん》に構えると、切っ先を片桐にむけた。対する片桐も青眼に構えた。

3

市之介と片桐は、青眼に構えて対峙《たいじ》していた。

ふたりの間合は、およそ三間――。まだ、一足一刀の斬撃の間境の外である。すこし風があった。片桐の長髪が、頬の辺りで風に揺れていた。市之介を見すえた双眸《そうぼう》が、切っ先のようにひかっている。

市之介は青眼に構えて剣尖《けんせん》を片桐の目線につけたが、片桐は青眼に構えた刀身をすこし下げた。下段に近く、剣尖が市之介の臍《へそ》の辺りにむけられている。

……絡め突きの構えだ！

市之介は胸の内で声を上げた。

そのとき、市之介の脳裏に、間合を遠くとれ、そうすれば、一寸ほどの差で、絡め突きを躱《かわ》すことができる、と話した崎島の言葉がよぎった。

市之介は片桐に気付かれないように、切っ先を前後に動かしながら一寸ほど間合を広くとった。そして、両腕をすこし前に伸ばした。こうすれば、市之介の切っ先は前と変わらず、一寸ほど身を引いたことを気付かれずに済む。

市之介は全身に気勢を込め、斬撃の気配を見せて気魄《きはく》で攻めた。片桐も気魄で攻めている。

ふたりは、およそ三間の間合をとったまま動かなかった。気の攻防がつづいている。どれほどの時間が経過したのであろうか。ふたりには、時間の経過の意識はなかった。

ふいに、片桐が先《せん》をとった。気攻めがつづいたため、焦れたらしい。

「いくぞ!」

片桐が声をかけ、低い青眼に構えたままジリジリと間合を狭め始めた。

対する市之介は、動かなかった。青眼に構えたまま、片桐との間合と斬撃の気配を読んでいる。

片桐が、一足一刀の斬撃の間境に近付いてきた。間合が狭まるにつれ、片桐の全身に気勢が漲《みなぎ》り、斬撃の気配が高まってきた。

片桐は寄り身をとめなかった。

斬撃の間境まであと一間——。あと半間——。市之介は胸の内で読んでいた。

……あと、一歩！

市之介がそう読んだとき、ふいに片桐の寄り身がとまった。このまま、斬撃の間境を越えると、市之介に斬り込まれる、と踏んだらしい。

片桐は全身に気勢を張らせ、斬撃の気配を見せると、

イヤアッ！

と、裂帛《れっぱく》の気合を発した。気合で、市之介の気を乱そうとしたのである。

だが、この気合で片桐の剣尖が揺れ、構えがくずれた。この一瞬の隙を、市之介がとらえた。

半歩踏み込み、わずかに切っ先を前に突き出した。市之介の誘いだった。この誘いに片桐が反応した。

タアッ！

鋭い気合を発し、片桐が斬り込んできた。

片桐は低い青眼の構えから、切っ先で市之介の刀身に絡めるように押さえて突

きを放った。絡め突きである。

咄嗟《とっさ》に、市之介は身を引きながら、刀身を撥《は》ね上げた。一瞬の反応だった。

片桐の切っ先は、一寸ほどの差で市之介の腹にはとどかず空に跳ね上がった。

崎島が話した一寸の差である。

次の瞬間、市之介は一歩踏み込みざま刀身を横に払った。

ザクッ、と片桐の右袖が、横に裂けた。市之介の切っ先がとらえたのである。

ふたりは、素早く後ろに跳んで大きく間合をとった。そして、ふたたび相青眼に構えあった。

片桐の裂けた右袖に、血の色があった。右の二の腕が血に染まっている。市之介の切っ先が右腕をとらえていたのだ。

片桐の青眼に構えた切っ先が、小刻みに震えている。体もかすかに揺れていた。右腕を斬られたせいである。

「片桐、勝負あったぞ！」

市之介が青眼に構えたまま言った。

「勝負は、これからだ」

片桐の顔が赤みを帯び、双眸が燃えるようにひかっている。額と頬に垂れた長髪とあいまって、幽鬼を思わせるような不気味さがあった。

……侮れぬ！

と、市之介は思った。

捨て身でくる相手ほど、恐ろしい敵はいない、と市之介は知っていたのだ。

片桐はふたたび絡め突きの構えを見せると、気攻めも牽制もなく、いきなり仕掛けてきた。

トオオッ！

片桐は甲走った気合を発し、市之介の刀身に己の刀身を絡めるようにして、突き込んできた。

一瞬、市之介は、大きく身を引いた。

片桐の切っ先は、市之介の刀の鍔に当たっただけでとまった。次の瞬間、市之介は刀身を袈裟《けさ》に払った。

ザクリ、と片桐の小袖が肩から胸にかけて裂け、露《あらわ》になった胸に血の線がはしった。片桐は、よろめいた。深い傷だった。傷口から血が奔騰し、見る間に胸部を赤く染めていく。

片桐は足をとめると、刀を引っ提げたままその場につっ立っていたが、一歩踏み出したとき、腰から崩れるように倒れた。

地面に俯《うつぶ》せに倒れた片桐は、くぐもったような呻《うめ》き声を上げて頭を擡《もた》げた。そして、身を起こそうとした。だが、身を起こすことはできず、いっときすると再び俯せになり、動かなくなった。

「死んだ……」

市之介がつぶやいた。

市之介は血刀を引っ提げたまま、片桐のそばに立っていた。そこに、糸川が走り寄った。いっとき間を置いて、茂吉も駆け付けた。

「青井、見事だ」

糸川が言った。

「さすが、旦那さまだ！」

茂吉が目を剝いて言った。旦那でなく、旦那さまになっている。

「勝負は、紙一重だった」

市之介は、地面に横たわっているのは片桐でなく、自分であってもおかしくないと思った。

「片桐を、この場に放置しておけないな」

糸川が言った。

「家の前まで運んでおこう」

市之介たち三人は片桐の死体を運び、妾宅の戸口まで運んだ。

家のなかから、かすかに物音が聞こえた。おさわが、畳の上を歩く足音である。おさわは片桐のことが心配で、じっとしていられないのだろう。

「いくぞ」

市之介は小声で言い、戸口から離れた。

糸川と茂吉も、足音を忍ばせて市之介の後についてきた。市之介たちが路地に出て歩き始めたとき、家の戸をあける音がし、つづいて女の悲鳴が聞こえた。おさわが戸口から出て、片桐の死体を目にしたらしい。

市之介たちは、振り返らなかった。足を速めて表通りにむかった。

4

市之介は遅い朝餉《あさげ》をすますと、庭に面した座敷で横になっていた。やることが、なかったのである。

アアアッ、と市之介が大欠伸《おおあくび》をしたとき、玄関の方でおみつと男の声が聞こえた。男は糸川らしい。

市之介は慌てて身を起こすと、はだけた小袖の襟元を直した。

いっときすると、廊下を歩く音がして障子があいた。姿を見せたのは、おみつと糸川、それに佐々野の三人だった。

糸川と佐々野は座敷に入ってくると、

「昨日、大草さまのお屋敷に行ったのだ。そのとき、片桐を討ち取ったことをお話しし、北村の吟味の様子を聞いてきた」

糸川が言った。どうやら、そのときの話を市之介に伝えるために、ここに来たらしい。

市之介たちが、片桐を討ち取って五日経っていた。この間に、大草は北村の訊問をつづけていたはずである。

「ともかく、腰を下ろしてくれ」

市之介はふたりが腰を下ろすのを待って、おみつに茶を頼んだ。

おみつが、座敷から出ていくと、

「北村の吟味がどうなったか、話してくれ」

市之介も、吟味の様子を知りたかった。大草に北村を引き渡した後、ずっと気になっていたのだ。

「当初、北村は大草さまに問われても、なかなか口をひらかなかったようだ。ところが、北村が松乃屋の寅次郎と会っていたことを大草さまが持ち出すと、観念して話すようになったらしい」

糸川が言った。

「それで、どうした」

市之介が話の先をうながした。

「大草さまは、北村と御納戸頭とのかかわりを主に訊いたようだ」

そう言って、糸川は一息ついてから話をつづけた。

「やはり、北村は御納戸頭の佐田宗兵衛《さだそうべえ》さまに、松乃屋が御用達になれるよう働きかけたようだ」

「松乃屋から流れた金が、佐田さまにも渡されたのか」

市之介が訊いた。

「渡されたようだが、大草さまは金の流れのことは口にされなかった。はっきりしなかったからではないかな」

「それで、佐田さまは、松乃屋が御用達になれるように幕閣に働きかけたのか」

市之介は、佐田の動きも知りたかった。

「そのことも、大草さまは口にされなかった。大草さまは、佐田さまが御用達のことで幕閣まで働きかけたかどうか探るのは、むずかしいとみておられるようだ。それに、松乃屋の者が、高倉屋の庄右衛門殺しにかかわったことがはっきりすれば、松乃屋が御用達になる芽はなくなるからな」

「そうか」

市之介も、松乃屋が御用達になることはないと思った。

「御用達だが、高倉屋になるのか」

市之介が声をあらためて訊いた。

「まだ、そのことは、はっきりしないようだ。松乃屋のことを調べているところだからな。御用達のことは、先になるのではないか」

「そうだな」

市之介は、いずれにしろ松乃屋が御用達になることはないとみた。

市之介たちが、大草の吟味の様子を話していると、廊下を歩くふたりの足音がし、おみつとつるが姿を見せた。

おみつが、湯飲みを載せた盆を手にしていた。座敷にいる市之介たちに、茶を淹《い》れてくれたらしい。

おみつとつるは、市之介の脇に座ると、

「お茶がはいりましたよ」

つるがおっとりした声で言い、おみつが糸川と佐々野、そして、市之介の膝先に湯飲みを置いた。

つるは市之介たち三人が湯飲みに手を伸ばし、喫するのを待ってから、

「兄上から頼まれたお仕事は、済んだようですね」

と、笑みを浮かべて言った。兄上とは、大草のことである。

つるは、ここ数日、市之介が屋敷を出ずに、座敷でごろごろしているのを見て、大草から依頼された仕事は済んだとみたらしい。

「何とか……」

市之介が、つぶやくような声で言った。

糸川と佐々野は、湯飲みを手にしたまますちいさくうなずいただけである。

「大事なお仕事が無事に済んで、こうやって、みんなが顔を揃えたのは、何かの縁です。みんなで、どこかに出かけましょうか。美味しいものでも食べて、疲れ

をとることも大事なことですよ」

つるが、笑みを浮かべて言った。

「義母上《ははうえ》のおっしゃるとおりです。浅草寺か深川《ふかがわ》の八幡さまにお参りにいって、帰りに美味しいものを食べましょう」

おみつが、口を挟んだ。

……また、始まったな。

市之介は、胸の内でつぶやいた。いつもそうだった。大草から依頼された件が無事に済むと、女ふたりは市中の名所や美味しいものを食べに外出したがるのだ。ふたりは屋敷に籠っていることが多く、息抜きがしたいのである。

「浅草寺にでも、行きますか」

仕方なく、市之介が言った。

すると、女ふたりは顔を見合わせて、笑みを浮かべた。糸川と佐々野は、戸惑うような顔をしている。

実業之日本社文庫 と215

剣《けん》客《かく》旗《はた》本《もと》春秋《しゅんじゅう》譚《たん》　剣《けん》友《ゆう》とともに

2019年4月15日　初版第1刷発行

著　者　鳥《と》羽《ば》亮《りょう》

発行者　岩野裕一
発行所　株式会社実業之日本社
〒107-0062　東京都港区南青山5-4-30
CoSTUME NATIONAL Aoyama Complex 2F
電話［編集］03(6809)0473［販売］03(6809)0495
ホームページ　http://www.j-n.co.jp/
DTP　ラッシュ
印刷所　大日本印刷株式会社
製本所　大日本印刷株式会社

フォーマットデザイン　鈴木正道（Suzuki Design）

ISBN978-4-408-55475-4（第二文芸）